GAEA

Gaea

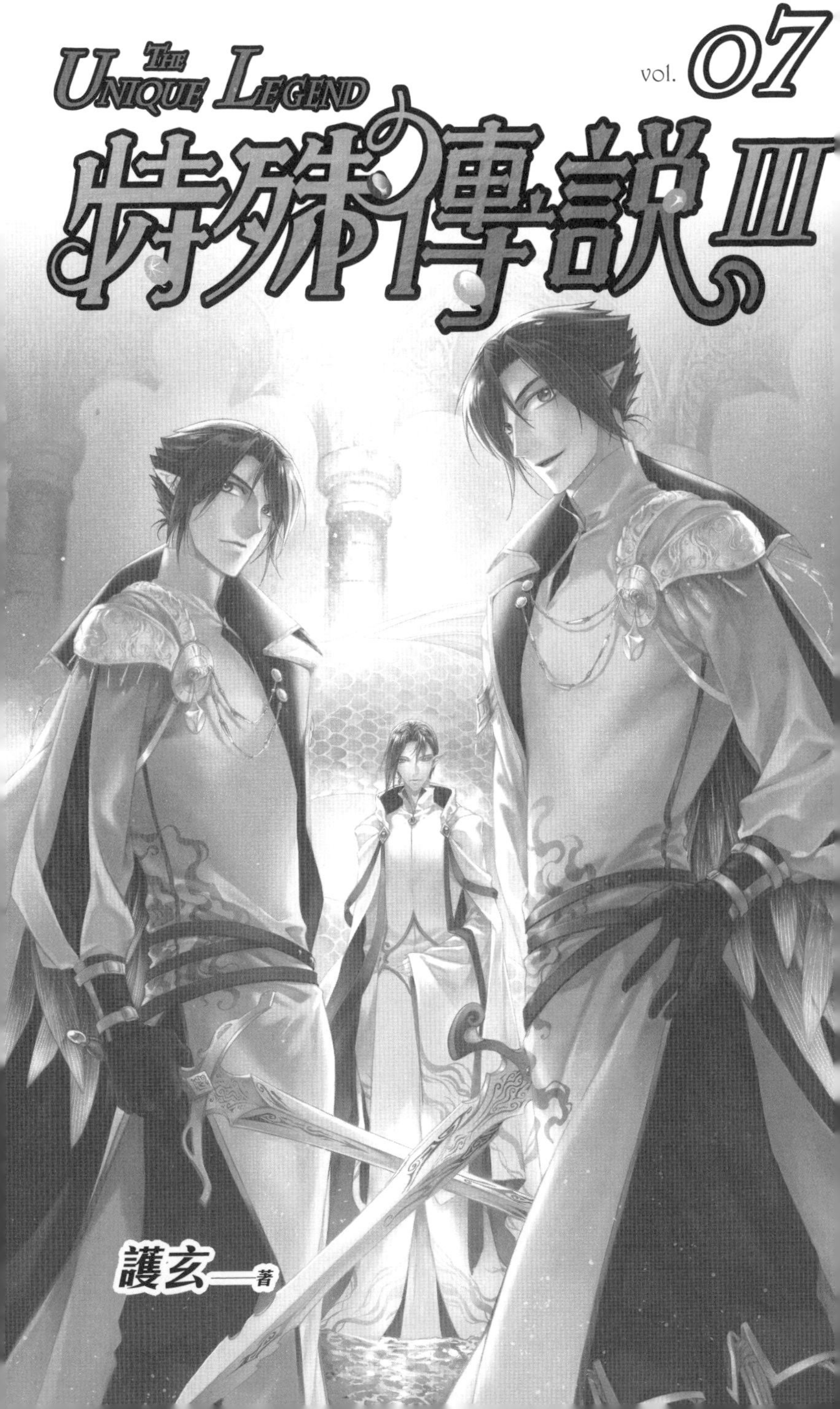
The Unique Legend
vol. 07
特殊傳說 III
護玄——著

特殊傳說 III

vol. 07

目錄

特殊傳說 III

THE UNIQUE LEGEND

人物介紹

Atlantis 學院

姓名：褚冥漾（漾漾）
種族：妖師
班級：高中三年級C部
個性：平時有些被動，但堅毅善良。對各種事物很常在腦內吐槽。
喜好：好吃的食物
身分：凡斯先天力量繼承者

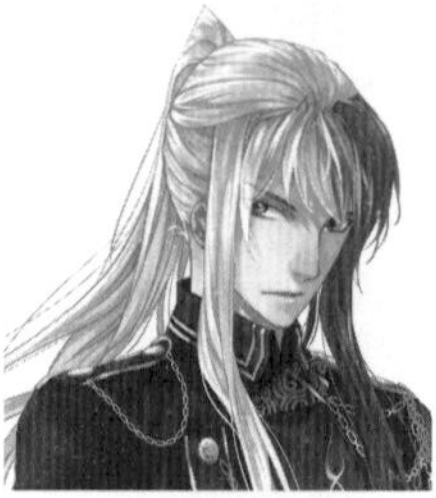

姓名：颯彌亞．伊沐洛．巴瑟蘭（冰炎）
種族：精靈、獸王族混血
班級：大學一年級Ａ部
個性：凶暴、謹慎。
喜好：書、睡
身分：黑袍、冰牙族三王子獨子

其他

姓名：米納斯妲利亞
種族：？
個性：冷靜睿智，在守護主人上極具耐心與溫柔。
喜好：教化另一個幻武兵器
身分：褚冥漾的幻武兵器之一

姓名：希克斯洛利西（魔龍）
種族：妖魔
個性：直爽嘴賤，喜歡有趣的人事物。
喜好：？
身分：褚冥漾的幻武兵器之一

姓名：雪野千冬歲
種族：人類
班級：高中三年級C部
個性：有點自傲，只對自己承認的人友善。
喜好：書、朋友、哥哥
身分：情報班

姓名：萊恩．史凱爾
種族：人類
班級：高中三年級C部
個性：性格沉穩，日常瑣事上很隨意。
喜好：飯糰、飯糰、飯糰
身分：白袍

姓名：藥師寺夏碎
種族：人類
班級：大學一年級A部
個性：溫柔鄰家大哥哥，但其實個性淡泊，
不太喜歡與人深交。
喜好：養小亭、研究術法與茶水點心
身分：紫袍

姓名：西瑞．羅耶伊亞（五色雞頭）
種族：獸王族
班級：高中三年級C部
個性：爽朗、自我中心，一根筋通到底。
喜好：打架、各種鄉土戲劇與影片
身分：殺手一族

姓名：米可蕥（喵喵）
種族：鳳凰族
班級：高中三年級C部
個性：善良體貼，人緣極佳。
喜好：喜歡學長、烹飪、小動物，以及很多
朋友。
身分：醫療班

姓名：哈維恩
種族：夜妖精
班級：聯研部 第三年
個性：嚴肅，對忠誠的事物認真負責，厭惡腦殘白色種族。
喜好：術法研究、學習
身分：沉默森林菁英武士

姓名：莉莉亞．辛德森
種族：人類、妖精混血
班級：高中三年級Ｂ部
個性：以家族為傲，些許驕縱，其實相當善良。
喜好：可愛的小飾品
身分：白袍

姓名：殊那律恩
種族：鬼族
個性：安靜少言，偶爾會隨意地捉弄人。
喜好：術法鑽研
身分：獄界鬼王

姓名：深
種族：無
個性：沉穩，堅毅寡言。
喜好：百靈鳥、黑王、毀滅世界
身分：陰影

姓名：式青（色馬）
種族：獨角獸
個性：美人希望是怎樣就怎樣！
喜好：大美人小美人
身分：孤島遺民

其他

姓名：白陵然
種族：妖師
班級：七陵學院大學部三年級
個性：不太隨便與人打交道，只和有興趣的人互動。
喜好：泡茶、茶點
身分：妖師首領、凡斯記憶繼承者

姓名：褚冥玥
種族：妖師
班級：七陵學院附屬假日研修生
個性：冷靜幹練，氣勢強悍。
喜好：逛街、漂亮的飾品
身分：凡斯後天能力繼承者、紫袍巡司

第一話　約定

羽族，又稱翼族。

踏入守世界之後較少看見的古老八大種族之一。

先前光聽敘述和傳聞事蹟，我一直覺得羽族搞不好是比較宅系的技術型種族，大多在不同浮空島避世，沒事就各自把空中城用雲捲起來。

還有，貌似有點天然。

畢竟我遇到的兩名強悍羽族似乎都有點外看高冷，其實切開一直線。

現在雲上島的羽族出現在眾人面前。

「銀絡。」有著銀紋雪白翅膀的女性羽族優雅地朝眾人一笑，一身潔白到會發光的長袍輕紗隨風飄搖，非常夢幻。

「……」高大又剽悍的猛禽翅羽族沉默地看著大家，一副不是很想交流的模樣，不過沒有露出厭煩感，還是很矜持地向所有人點個頭示意。

看來這位深棕色翅膀的大哥可能眞的是無口宅屬性。

在這世界，名字和咒術之類的問題容易有牽連，所以對方不自介，我們就不多加追問，畢竟沒辦法喊名字的狀況也不是沒有，眼前學長就是一個。

流越簡單地替我們介紹過後，眾人重新坐下，小動物們在附近玩耍了一會兒，現在裡一圈外一圈地或坐或趴，呈現某種奇異的童話溫馨畫面。

「銀絡是雲上島的主事祭司，另一位是護衛長。」流越補充了兩人的身分。

「是以前月守眾的……？」我有點遲疑地看著兩名羽族。

「不，我的親人是從南方羽族浮空島——阿列賽克斯，入駐的守護祭司。」銀絡相當親切地解釋道：「當年瑟菲雅格遇難後，收到倖存的同族發出求援，我們自各地前來協助製作雲海島與雲上島，我是那時留守的製作者後代，護衛長則是倖存者的後代。」

原來如此，這就對得上之前黎沚等人所說的現況了。

「請他們來，除了要介紹幾位認識外，是想讓他們替你們製作雲海島的『印記』。」流越很快地進入正題：「羽族不論哪處的浮空島都相當排斥外人，平日會在外籠罩一層遮蔽術法，有人帶領才能進入，或者有我們賦予的印記。在……汐水族之後，我認爲大家需要多一些避難點保障安全。」

「有了雲海島的印記，你們若是遭遇事故，遇到隱藏的羽族浮空島，也可以憑著印記去求援，雖然無法直接進入，但羽族或是島內居民會提供一定程度的庇護。」銀絡接下流越的話尾，繼續說：「雖然目前羽族多半隱居，但不會吝於伸出援手。」

意外地，幻水魔仍然拒絕了，拒絕原因與之前差不多，大致是他本質是個魔族，雖然混血可以抑制天性，不過既然羽族浮空島是想當作大家的一個退路，他就更不能沾染了，否則有什麼邪惡的東西利用他時就不好了。

羅貝斯特比我們想像中的還要自知且節制，幾乎不像個魔族。

要知道他族人的德性，所以他這麼進退有禮反而彌足珍貴，簡直瀕臨絕種，魔族突變。

「請放心，幻水魔的居住大結界我們已經聽流越大祭司說明過，接下來雲上島羽族會盡全力協助大祭司製作術法——雖然大祭司能夠獨力製作，但雲上島很樂意為幻水魔朋友們貢獻一些有趣的小術法。」銀絡朝羅貝斯特眨眨眼，這兩位雲上島的羽族雖然不知道我們在汐水族遺跡那邊遇見什麼、有過哪些約定，依舊非常豪爽地主動提出幫助。

幻水魔有點意外，卻也非常坦率地道謝接受，畢竟他們確實需要這些可以重返自由世界的保護，能有的話當然是越多越好。

因為製作術法需要時間，以及不想與千眾舊事過多牽扯，避免以後被探測記憶等種種緣故，羅貝斯特按照原本的計畫，直接向大家道別，不再繼續深入接觸後續，脫離大團重返妖靈界，告知幻水魔族開始準備遷移的好消息。

流越讓大家沒事的話就在雲海島留宿一晚調整身體狀況，一方面是暫且先避開潛藏在汐水族外的耳目，一方面是米納斯的心臟即將送回，貿然跑去其他地方顯然不太保險，雲海島非常隱蔽，也還未如公會已被盯上，我們完全可以先在這裡穩定並安置好米納斯的心臟，直到找回她的軀體。

這麼一來提醒了我們，把米納斯的心臟帶在身上風險有點高，主要是最近遇到的事情太多了，萬一像某個異靈被二十七那樣刷爆道具就糟糕了。

「當然冰牙族、燄之谷，以及妖師本家的安全性同樣很高，你們可以在休息之餘考慮要放置何處，我都會爲之製作守護術法。」

流越如此說道。

接下來就是休息時間了。

銀絡爲大家做好雲海島印記之後又稍微聊了些目前的各方情勢，包括邪惡正在各地點燃戰火侵蝕，與種族們救援及規劃等事，看得出來雖然羽族高居於天空，對地面上發生的事仍非常了解。

「近日隨著風與雲往各地傳遞消息，我們知道其他地域的浮空島碰上好幾起相關的屠村事件、並出手協助，從中得知邪惡勢力對於瑟菲雅格島依然虎視眈眈，並有著不爲人知的陰謀，若幾位都要重回島上，務必要小心襲擊。」銀絡告訴我們屆時護衛長和一些雲海島幻獸、包括式青在內，都會進入孤島。「異靈頻出，很可能會遇上夾擊。」

這點其實我也想過，孤島裡面一隻異靈，孤島外一堆異靈，按照它們搞事的慣性，免不了到時候又要來世界大戰了，希望公會與各種族的聯合軍在這方面的防備做得夠足。

詳細狀況還得等到時分配。

希望在那之前我就取得進入名額。

雲上島羽族們和流越暫離去製作各種物件與術法後，我們幾個人也散開去做自己的事——大部分是休息。

黑牙幫大家準備好不同休息處，森林、樹上、水邊、山頂……等等的應有盡有，可以想到的露天自然環境幾乎都有，甚至幻獸的巢穴也能借用，當然也有些大大小小的木屋，依山傍水看起來極爲愜意。

我挑了間看起來很精巧的小木屋，哈維恩就挑了我隔壁的小木屋，西穆德一直沒看見人，血靈會自己找地方休息所以我也不太擔心，和大家打過招呼後我便逕自鑽進散發木質清香的小屋，準備沉澱一下這兩天遇到的所有事。

還有西瑞到現在都沒有回我訊息，到底是？

躺在綠色植物編織而成的床鋪胡思亂想時，門被敲響。

咚咚咚的聲音感覺很悠閒，敲完後充滿了耐心等待，似乎相當確定我還沒睡並且會回應，聽起來不像學長或哈維恩，我連忙爬起來開門，沒想到站在外面的竟然是伊多。

「……？發生什麼事了？」我連忙側身讓對方進來，對方身後居然沒看見平常黏著不放的雙胞胎，莫名想到雅多那個讓人胃痛的想法，不知道他有沒有找時間和兄弟們談過，不然我覺得他總有一天會業障爆發遭到業力反彈。

伊多朝我露出溫和的笑意，似乎只是來閒談般，輕聲地開口：「我有個不情之請，希望你不要見怪。」

「咦？不介意啊，需要幫什麼？」伊多很少主動請求幫助，我立刻振作起精神鄭重回應：「需不需要喊哈維恩過來？」萬一要圍毆才有幫手。

水妖精溫柔地搖搖頭，唇角彎著一抹看起來有點微妙的淡淡弧度：「可以麻煩你待會兒什麼都不要說嗎？」

我一臉問號，隨即發現有條水色的小東西從伊多肩上探出頭，綠豆小眼睛骨碌碌地盯著我看……等等這是……？

「噓。」伊多微笑著豎起食指，帶著那抹謎之表情慢慢地退到屋內角落，一層水霧覆蓋他的身影，竟然連氣息都完全消失，彷彿他從來沒有出現在我面前。

想不通他要幹什麼，我正滿頭問號的同時，門再度被敲響了。

打開門，外頭站著雷多。

「……」

好喔，我好像知道伊多大半夜不休息來找我的原因了。

突然就想到螳螂捕蟬。

毫無所覺的雷多雖然仍掛著往常那種笑臉，但眼裡沒太多笑意，反而有點嚴肅，他小心地關上門後，先講了幾句抱歉打擾我休息的話，接著直問正事：「我們都那麼熟了，就不繞圈子——雅多最近怪怪的，他有沒有對你說過什麼？」

「呃……」

「前不久我和雅多探查古戰場，結果那傢伙差點受到致命傷、啊，其實是小傷，但本來是衝著他的要害，幸好他躲得快所以只是小傷。回來之後我就覺得他有點怪怪的，那傢伙雖然平時很沉默，可是這段時間就很怪。」雷多一口氣把肚子裡對雙生兄弟囤積的不滿吐出來：「就、那種怪很討厭，我覺得他好像故意想拉開什麼距離，整個讓人很不爽。又不是第一次發生這種事，有必要那麼介意嗎？下次小心點不就好了。」

盯著渾身散發不悅的雷多，我暗暗想著原來雷多早就發現了，果然這對雙胞胎詭異的心電感應不是裝飾用，看他模樣之前應該也問過，只是雅多刻意隱瞞。

瞄了眼角落，我一整個偏頭痛要發作，伊多顯然也早注意到兩兄弟不對勁，所以今晚的動作就是專程來逮人。

那麼現在問題來了，他究竟會逮到一個呢，還是兩個，若是後者就有趣了。活生生就是人生至此誰能無死，無法晚死，就是早死。

看來他們要早死了，阿彌陀佛。

「我怕伊多擔心才陪著那傢伙在伊多面前演啥事都沒發生，結果他還給我裝死，眞以爲我沒察覺到嗎可惡！」雷多咬咬牙，非常不滿，在我這裡完全不僞裝地大吐苦水：「又不是第一次瞞伊多了，到底有什麼事情必須連我都瞞著！每次出問題還不是都一起哄伊多，憑什麼這次我不能知道！」

啊這個坦白……

我感到冷汗滴落。

等等可能，你要被你哥捏死了。

我開始爲眼前碎碎唸抱怨的雙生子在心中插三炷香。

不是我不救你，是你說得太快，我完全找不到時機點在你哥的目光下給你打暗號啊。

「所以雅多是不是有告訴過你什麼？上次他和你們留在屋裡之後，再回來我就覺得他好像藏了更多心事，你應該知道點吧。」雷多最後一句用的是肯定語氣，顯然很有把握自己雙生兄弟的情緒在和我、流越三人獨處後有了改變。「如果你怕出賣雅多，沒關係，我有準備一些逼問術法，你可以說你是被逼的。」

我靠！先不要！

「我……」

「你不要爲難褚。」

正當我想講點什麼打發雷多時，淡漠的聲音從門口處傳來，不曉得什麼時候打開門的雅多靜靜地看著他的雙生兄弟，適時打斷我滿臉的尷尬，雖然我的尷尬大部分來自於他們隱藏的哥哥。

雅多走進房內關上門，無奈地嘆口氣。

「該嘆氣的是我吧！」雷多暴躁地一把抓住雙生兄弟的衣領。

「你們兩個先冷靜，好好講話。」我連忙開口制止兩人，內心則不斷咆哮你們哥哥就在搖滾區啊啊啊啊啊快點住手！不然等等不是一個修羅場可以了事啊！可能會直接升等成焚化廠商務艙了啊！

幸好雷多和雅多沒有在這裡打起來，兩人互瞪了幾秒，前者把手鬆開。

「我知道你在想什麼。」雷多警告性地用食指對著他的兄弟點了兩下，又憤怒又受傷地說：「你是不是嫌我麻煩了？」

「……沒有。」雅多皺起眉，對於雷多的用句明顯不太開心。「只是，按照現在的局勢與異靈頻現的狀況，總有一天，我們或許要盡力、至少留下一個。」他沒有兜圈子，非常誠實地承認了心底的想法。

雷多聽完怔了下，隨即罵了句妖精語，聽起來不太友善，十之八九是髒話。平日愛笑的水妖精這時斂起笑容，有點凶狠地怒道：「那也是我們兩個一起決定，憑什麼隱瞞我！」

「沒有隱瞞你，因爲還未完全確定可用。」雅多想了想，把那天詢問流越的答覆告知雷多，「我原本打算試驗後，再告訴你。」

「不行，不管你要怎麼試我都必須在旁邊！」雷多臉色還是很不好，他多少聽得出來雙胞胎在安撫他，忿忿地說：「而且你根本沒有說實話，我可以感覺你避重就輕！如果不是今天來問褚，我是不是得在戰場上出事後才會知道？」

雅多沒有反駁雙生兄弟的猜測，而是微微別開臉：「無論如何，我們兩個只需要有一個人會使用斷絕詛咒就好。」

我滿頭冷汗地看著雅多，基本上可以猜到他的盤算，不管有沒有告知他的兄弟，他應該從頭到尾都打算把詛咒放在自己身上，不管是誰受傷，只要自我詛咒，那麼血脈的連結就不會傳遞出去、也不會接受進來，所以確實沒有兩人都使用的必要。

這次我來不及阻止，雷多動作太迅速了，猛地二度拽住雅多的衣領，然後朝他臉上揮一拳——雖然下場是兩人臉上出現一樣的瘀傷。

冷眼抹了下被揍的臉，雅多掙開對方扯住自己衣領的手。

幸好這拳之後兩人沒有眞的打起來，不然我看這個商務艙基本要成爲頭等艙了，世界最高溫，確保死透透。我現在已經不敢回頭看剛剛伊多藏身的地方，探查術法完全測不出這位仁兄的氣息與位置，很可能是用了某種高級輔助物品，不曉得他想在那裡看戲看到什麼時候。

「不管如何，我們兩個是一體的，即使分開也是一體，你別想丟下我。」雷多再度抓住兄弟的手腕，瞇起帶有火氣的眼眸。「不管是詛咒還是死咒，我也要有一份，如果眞的走到那天，我們一起決定。」

「你聽話……」雅多皺眉，正想開口勸止他的兄弟時整個人猛地怔住，原本冰冷的面孔出現了一絲恐懼和僵硬，彷彿這瞬間察覺到某種對他來說極爲可怕的事物。

感受到雙生血脈的驚恐，雷多同時僵住，戰戰兢兢地回過頭。

伊多不知何時自己拉了房內的椅子坐在窗邊，坐姿優雅大氣，噙著一抹淡笑，然而臉上卻沒有任何平日會有的溫和親切，水色小龍趴在他的手掌上，小小的眼睛透出貌似憐憫的情緒看著剛剛還在房內起衝突的雙生子。

嗯，世紀無敵尷尬現場。

我往後退了一步，又退了一步，退退退退到最角落邊。

雙胞胎們的大哥微微偏著頭，漂亮的耳飾跟著動作劃出小小的弧度。

「繼續呀。」

雅多有心事藏在肚子裡隱瞞了兩位兄弟們。

雷多有心電感應所以發現了雅多的不對勁。

伊多有先見之鏡於是直接蹲等雙胞胎自爆。

很好，邏輯沒問題，合理。

還好進房間前小動物們要給我水果籃我沒有收，那時候瞄了一眼，裡頭好像有疑似榴槤那種外殼尖尖的水果。

不然現在雙胞胎就要跪榴槤了。

水色小龍在我床上滾來滾去，一點也沒有受到周圍險惡氣氛的影響，愉快地玩了半晌後蜷起來，頭一點一點地打瞌睡。

「我先去找學長？」貼牆摸到門邊，我看著面無表情的伊多，以及立正站好完全不敢動彈的雙胞兄弟，小小聲地發問。

不是我不想幫你們說好話，但我眞的不知道要怎麼說你們才能不死。

還是各自飛對大家的精神都好。

「你不用避開。」伊多搖搖頭，目光清澈筆直地看向我：「留下來吧，如果未來發生了什麼，或許會需要你的幫助。」

「伊多……」雅多往前一步，似乎非常不想聽到兄長說這種話。

伊多淡淡掃了對方一眼，冷凝的視線把雙生子逼回原地繼續罰站。

我莫名覺得他沒說出口的潛台詞是：留下來可以讓我保持理智不打死他們。

既然對方開口，我當然不能甩門逃逸，只好慢慢地摸到另一邊拉椅子坐下。雙胞胎現在的處境有點可憐，然而我可以理解兩方的立場，畢竟經歷過類似的事情，當年我就很賭爛，所以現在不能擋住別人賭爛。

「還有多少事情，一起說吧。」伊多看著雙胞胎，淡漠地開口：「雖然不想動用水鏡，但總比未來某一日我突然再也見不到你們好。」

雅多和雷多互看了一眼，在外如猛獸般的雙子動作一致慢慢地低下頭，露出臣服的姿態。過了一會兒才由雅多小心翼翼地開口，先是說了近期想要斷絕血脈感應這件事，後面就是兩人隱藏的大大小小受傷史，包括之前要向上考袍級的決定。

總的來說，受傷和袍級還算是小事，最大的事情果然就是詛咒血脈感應。

我聽著聽著覺得還是去拿幾顆榴槤過來吧，現場跪榴槤求饒可能比伊多動氣把他們揍一頓或是直接燒掉好一點。

偏偏這時候雷多還背刺他二哥。

「不對，還有一件事情。」本來一邊聽受傷史一邊露出自我反省神色的雷多突然發出衝康的聲音：「人魚聖泉……」

雅多狠狠踹了雙胞胎小腿一腳，非常用力，下秒兩人都抱住自己的腳。

「……」旁觀者的我只能露出無言的友善微笑。

生命終須一死，就看你要自己死還是要拖著別人一起死。

「人魚聖泉又是什麼事？」伊多聲音無波無瀾，聽起來就是很可怕，簡直令人不寒而慄。

提到人魚聖泉我也有印象了，畢竟那是我對奇幻生物印象崩裂的數一數二名場景，想忘都忘不掉。於是我把視線投向雅多，當時水妖精和人魚有某種不可告人的約定，至今內容不明，但我覺得雅多既然在這事情上裝死，很可能不會想在這裡說出來。

果然，雅多遲疑了一會兒之後開口：「這是我與人魚們的交換契約……所以……」

伊多抬起手，制止了雅多的猶豫，人性化地並沒有強逼對方。「無法說明的事可以等時機到了再開口。」

「嗯。」雅多點點頭，表情依然相當緊張，但露出一絲鬆口氣的模樣。「我會說的，只是時間未到。」

雷多還是有點不甘心，然而伊多已經鬆口，他總不能繼續追著聖泉的事情咬，最後巴巴地瞪了眼雅多，暫時按下不爽。

畢竟在這之前，還有伊多的怒火要面對。

聽完一連串受傷史與各種想逃避哥哥憂慮的隱藏事件後，伊多第一時間並沒有說什麼，也沒有直接揍兩個弟弟，而是沉默了片刻後，有些孤寂地扶著額微斂眼眸，散發出灰心消極的氣息。「看來，失去與你們同行資格的是我。」

「不是！」

「不是這樣！」

雙生子露出完全同步的大驚失色，一左一右單膝跪下來，各自抓住伊多的手掌。

伊多望著非常著急的兩人，輕輕嘆息。「你們從小受了許多委屈與歧視，那時爲了怕我擔心，經常隱瞞各種傷痛，這點到長大也並未改變太多。但是……什麼時候開始，你們連生命中的大事都不想讓我參與了？」

「我們沒有……」雷多急得眼睛都發紅了。「眞的沒有！」

「是從我差點回歸安息之地那次開始的吧。」伊多反手握住雙生子的手掌，語氣有些難過，但不是爲了自己，反而比較像是在心疼兩個弟弟。「因爲身爲兄長的我沒有做好，讓你們害怕了，於是我從能和你們並肩的兄長變爲要被你們埋藏、保護起來的脆弱寶石。」

雅多張了張嘴，沒發出聲音。

伊多淡淡地微笑，繼續說道：「我不需要你們『至少留下一個』，假使眞有那麼一天到來，『我們用盡全力後一起走』。即使走不成，你們也要知道，不管最後誰留下來，都必須好好享受生命，另外的人永遠都會在前方笑著等待他。我們是三兄弟，時間與空間並不能將我們拆散，最終我們都將重聚，能明白嗎？」似乎想到什麼，他低低笑了聲。「當然，最好的狀況是我們永遠在一起，一起好好活著，然後前往安息之地。」

雙生子緊緊握住兄長的手，像溺水之人好不容易抓到繩子般不敢鬆手，然後低下頭，用額頭虔誠地抵住那隻手。

「我知道你們很珍惜我，我也很珍惜你們。」水妖精的長兄垂下眼眸：「生和死，我們一起決定。」

垂首的雙生子悶悶地傳來「好」，高大的身軀在哥哥面前縮得有點小，微微顫抖。

我看著他們，一時之間沒回過神，想到的全是白陵然和冥玥在很久之前做的事。我一直知道他們這些年來過得很痛苦，但又對他們有不少埋怨，然而我沒有立場怨他們——畢竟我這些年的和平無憂都是用他們的血淚換來的，而且後來我也幹了很多亂七八糟、先斬後奏的事情，更沒有資格大聲什麼。

但我想，我想要的也許就只有像伊多的這麼一句「我們一起決定」。

因爲我們三個是家人。

他們心疼我而隱瞞，我也會心痛他們的隱瞞。

伊多差點死亡的事對雙生子造成很大的心理陰影，雙生子害怕伊多再次遭遇險境，所以很多事情能藏就藏；但伊多並非全都不知道，如他所表示的，他有先見之鏡，沉默看著兩個弟弟受傷後把自己藏起來舔舐傷口時，很可能也在擔心、害怕他們會不會哪天就消失在一個找不到的地方。

雙胞胎想把哥哥藏在一個永遠不會受傷的地方，而哥哥也想讓他們永遠平安快樂。

大家都只是希望對方可以好好快樂活著。

房內沉寂了一會兒，伊多才抽出手，拍拍兩個弟弟的腦袋，溫聲地說：「好了，我知道你們的想法了。血脈隔絕的事情，我們一起重新談談吧。」

雅多小心地點頭，然後看著雷多與伊多，道了對不起後才起身。

我想他們應該需要點隱私、溝通時間，打算先避出去，把空間留給他們，於是悄然站起移動到門邊，沒想到一打開門先看到的是我剛剛一直心心念念的偽榴槤，與奇妙水果一起到來的是更多堆得如山高的水果，不知道怎麼堆成的三角形，竟然穩穩不倒。

「裡面談完了嗎？」

側過身看去，果然是被水果埋掉的流越。

「呃……」這是該救他呢還是假裝什麼都沒看見？雖說是埋掉不過其實只是因爲水果在他的周圍堆疊得太高，把人圈在中心而已。

屋內的伊多先有動作，他一發現門外的動靜立即起身，與雙生子連忙把那堆花花綠綠的水果移進屋內。「不好意思這個時間還勞煩您來一趟。」

我意外地看了眼伊多，沒想到流越是他請過來的，我還在想怎麼大祭司大半夜會在我門口被水果埋掉……等等，就算是被請過來的，也不應該在我門口被水果埋掉啊！

一身香甜氣息的大祭司拍拍身上的葉子，越過他一看，後面還有好幾隻頂著水果的動物，那些毛茸茸的小動物伸長脖子往我們這邊看，閃閃發亮的眼睛似乎很渴望再把新的果物送過來。「牠們說這麼晚了一定是要開宵夜派對，怕大家不夠吃。」

有種餓叫作地主怕你餓。

「夠了夠了感謝各位大德。」看那些小動物還蠢蠢欲動，我連忙對著門外拱手感謝，然後趕緊把大祭司帶進來，以免再次堆出另外一座小山。

啊，這樣一搞我又回到屋內了。

雙生子在懺悔他們的受傷史時，伊多就以術法聯繫了流越，請他來一趟。

流越在收到術法當下大致已猜測到應該是雅多的這件事，所以沒有多問便應邀而來，進門後很貼心地掛上隔離術法，瞬間萬籟俱寂，屋內屋外霎時變為兩個世界。

我稍微向流越低聲解釋幾句發生過的事，大祭司表示理解，捧著一小串粉紅色的不明水果坐到另一張椅子後才與伊多展開交談：「從第一次見面開始，我就注意到你們的靈魂羈絆非常深，不論是血脈，抑或兵器死約。」

「是的，是我們的約定，原本應該至死方休。」伊多點點頭，輕聲細語地回答：「但也並非無法可解。」

「哥！」雅多脫口而出罕少使用的稱呼，驚愕地抓住伊多的手腕，「你要幹什麼？」

「不是說……一起決定嗎？」雷多似乎也受到不小驚嚇，連忙抓住伊多的另外一隻手。

「嗯，是這樣的，你們身上的羈絆不是無法解。」流越點點頭，手指一直在水果上點來點去，似乎很想咬一口。「只要付出的代價足夠，包括幻武的約束都可使用我所知的祕術強制解除。」

我看雙生子瑟瑟發抖了起來，兩人意識到伊多喊流越來的想法不單純，眞的開始害怕了，像兩隻怕被丟棄的大狗狗，但又不敢朝主人抗議吼叫，看得我都覺得他們可憐了。

這時候伊多突然笑了下，抽出手拍了拍雙胞胎的肩膀，「想到哪裡去了，我請流越大祭司來，是想請教看看是否有更多可以運用阻隔術法的方式，如雅多所擔心的，或許有一天我們會面對難以抽身的危機，適當地使用阻隔，說不定可以因此得來更多生機。」

「嗯，他是要讓我來看看你們三個人相互協助的前提下，可不可以有更多方式運用詛咒阻隔。」流越歪了歪腦袋，對水果蠢蠢欲動的手指頓了下，恍然大悟：「喔，嚇到了？」

雖然只有短短幾秒，但連我都可以看出來雙胞胎嚇得不行，他們那瞬間大概眞的以爲他們哥哥被氣到要直接剪斷Wi-Fi，讓他們和主機斷連了……也有可能眞的是伊多想嚇嚇他們，當作微小的處罰，順便作爲警告，讓這兩傢伙知道人若抓狂是可以斷開連結的。

即使如此雙生子還是有點抖，再三確認伊多眞的沒有要切斷血脈術法後才鬆了口氣。

「不過這樣的事情如果再有下次，我會考慮。」伊多露出了微笑。

雙生子大概又整個提心吊膽起來，兩張一樣的臉表情變得非常精彩，最後夾著尾巴再度道歉，終於讓他們的哥哥把重點放回流越身上。

床上的水色小龍打了個哈欠，愉快地蹦進滿地水果裡。

※

那天晚上我不知道爲什麼又跟著被上了一堂課。

不得不說流越眞的相當擅長教學，除了把三兄弟適用的各種阻隔術法、詛咒一一列出，還非常友善地拆開講解，讓大家學習構成與運作原理。

莫名其妙就變成了私人開班授課，最後連水色小龍都一臉痴呆地看著我們四人。

沒人喊停，流越就繼續說明。

最後講了十幾種不同的咒、術，伊多終於從中選定兩個比較適合他們的，一個正規術法、一個詛咒。

正規術法是羽族的祕術，施展時比較麻煩，需要不少緩衝時間與流越先替他們做好的術法水晶，還得雙胞胎兩人同時在場才可短暫切斷感應，只能在戰前先布置好，戰場上很難即時運用，但沒什麼後續問題。

詛咒則是與流越先前提供的相仿，可以單人臨時施放，不過流越那次回去後有稍作修改，加上現在是三個人，按伊多的需求把詛咒發作後的後遺症分攤給三人，受到的傷害就變得很輕微了，事後休整的時間也會減少許多。

「這是從替身那邊得來的發想。」流越解釋道：「我研究過藥師寺家族的替身術，從中取了一小部分改良這個詛咒，應該會比較符合你們理想的需求。」

不論如何，三兄弟都接受這兩個術法了，大祭司快速完善，並幫他們製作好、確保不會爆炸，才複製成三份置入水晶交給三人。水晶上有一些感應術法，祕術還好，動用詛咒時另外兩人會立即知道。

「沒有必要時不要亂用，畢竟是針對血脈本源，過度使用不知道會產生什麼未知影響。」大祭司不忘交代。

水妖精們非常誠心地道謝，並邀流越有時間的話務必光臨水妖精族，他們會負責帶大祭司到處吃喝玩樂，還有很多美食與觀光勝地大祭司沒去過。

我聽到這個邀請就覺得好像哪裡歪掉了，爲什麼現在大家都想把流越帶去吃吃吃？

看時間已經是凌晨，換算成平常都三、四點多了，伊多三人對佔用我的休息時間感到歉意，我倒是覺得無所謂，反正聽流越上課滿有趣的，也學到不少。

流越解開隔離術法後，我送他們三人外加打嗝的小龍離開房間。

剩下的事情就只能讓他們兄弟們自己去處理了。

轉頭回房前遇到過來查看狀況的哈維恩，夜妖精與血靈和一些夜行生物在雲海島進行了一波照月亮的光合作用，目前精神奕奕，好像可以繞浮空島跑八圈之類的，看起來精氣神外加心情都非常好。

「流越大祭司應該也要出來調息。」哈維恩愉快地說：「雲海島的輔助術法眞的很好，月光相當舒服，沉默森林已經很久沒有這麼純淨的月之息，那些入侵者的臭味和術法污染空氣，連帶月光的傳導都變得不怎麼純粹。」

「我等等告訴他。」不過流越應該早知道了，畢竟他才是住浮空島的專家，搞不好連這裡的輔助術法他都有參一腳。想想出門送伊多他們之前，我看到大祭司在咬那串粉紅色的東西，說不定回去房間時他還在吃其他水果。

血靈雖然也稍微吃一點自然力量，不過他們還是需要血氣與戰爭戾氣，所以讓哈維恩繼續去曬月亮，血靈就在附近留守。

確認他們兩個都對晚上各自的安排很滿意後，我轉身回房，打算趁天亮前睡幾個小時。

一踏進房內後我意外了，本來以爲會看見正在吃水果的大祭司，沒想到看見的是趴在我床上的大祭司，一大團黑色布料在床上蜷縮成一團並穩定地起伏，似乎已在短短時間內熟睡。可能是這兩天持續使用術法較爲疲憊的緣故？

畢竟我們沒辦法依靠流越的臉和表情來猜測，他平時使用術法時因爲太強又不容易動搖，讓人錯覺他的底線與承受度很高，我也經常覺得他的藍條長得很可怕。

但其實都只是勉強撐著吧。

回到正常世界後，流越的祭司袍繁複正規許多，有專人幫他處理衣著，就不像當初孤島上那麼隨意簡便，以至於這麼一捲整個人好像都被布料埋起來，感覺不是很舒服。

「……失禮了？」我嘗試小心地拉了兩下對方厚重的外袍表示要幫脫，大祭司很乖巧地半抬起手，顯然沒什麼意見。

基於禮貌所以沒去動他的頭紗，只拿掉外層這件最厚的，至少看起來不那麼窒息。

所以說爲什麼要睡在這裡啊？

邊把祭司袍摺成一大疊，我邊莫名其妙地驚覺：那我要睡哪裡？

啊好吧好像只能睡椅子上了。

心情複雜地滾到一邊，幸好椅子排一排也可以躺，只是沒床鋪那麼舒服。

時間有限，明日還要接回米納斯的心臟。

趁機快休息吧。

第二話　心臟的回歸

翌日一早我被外面乒乒乓乓的聲音吵醒。

半睜開眼時我人不知道爲什麼在床上，流越和他的祭司袍已經不見，睡眼矇矓地看見窗戶外掛了一堆花花毛毛的東西，還有被擠到扭曲變形的臉。

該說幸好這窗戶有外面看不到裡面的術法嗎？

無言地起床走到窗邊打開，完全不意外滾進來好幾隻毛茸茸的小動物，擠在外面的小動物大概也沒有預料到會突然被開窗，集體四腳朝天、一臉呆滯地與我眼對眼，隨即爆開毛，發出各種唧啊啾地用小短腿拚命從原路逃出去。

「……」不愧是幻獸島，那堆幼獸我還眞沒幾隻叫得出名字！全都是看起來很熟悉但又怪怪的奇妙生物。

「早。」廊外不知道等多久的哈維恩走過來，撥開試圖繼續爬到窗邊的小動物，「其他人已經醒了，要在外面吃早餐嗎？」

被這麼一說，我還以爲我睡得很晚，猛一看時間，早上六點半。「外面吃吧。」抓抓亂七八糟的頭毛，我邊走回去漱洗邊思考其他人到底是「醒了」還是「沒睡」。這些人都不用休息的嗎，當心眞的年紀輕輕爆肝爆肺爆腎，仗著有萬能的醫療班也不是這種用法。

跟著哈維恩的腳步，我注意到清晨的樹林似乎有點變色，應該說雲海島的植物不時會有變化。從小木屋離開後，周圍林木在薄霧環繞中呈現些微藍綠的感覺，枝葉有些透明……眞的透明，我一頭問號地靠近才發現樹枝和葉子、草枝末端，竟然呈現透明綠，露珠沁入後更加透明了，接著枝葉像呼吸般散出極淡的清新氣息，聞起來超級舒服。

好想種一棵在家裡。

等等，還是不要好了，這些樹會透明化，表示它不是普通樹，搞不好會拔根而起，想想就有點危險。

「是活的。」哈維恩盯著我看了一會兒，揣測了我目前的想法，接著說出很驚悚的話。「沉默森林的深處也有，白色種族想闖入屠殺我們時，會反被樹木絞殺。」

「……」謝謝，下次我進沉默森林會小心。

等等，說起來血靈那邊也種了類似這樣的東西。

抱持著對這些植物的敬畏，我開始懷疑踩在雲海島的草皮上會不會死了，不過上次來踩過沒事，應該是不會死才對。

雜七雜八地想了一圈，我們的目的地不知不覺也到了，遠遠就看見學長和夏碎學長，主要是學長那顆頭很明顯，微光折射下，大老遠就看見白白亮亮的在晃動。

兩人所在位置是一條銀色小溪旁邊，他們正在與人交談，四周同樣繞了一圈大大小小的幻獸在偷窺，看來雲海島的幻獸眞的很喜歡觀察其他生物，不管走到哪裡都一堆眼睛跟著，大多是好奇和疑惑，少部分出現想與強者互毆的戰意。

發現我們接近，交談中的四人停下動作，另外兩人也是熟面孔，居然是當初一起從孤島出來的雷妖精拜里及綠妖精。

後續聽說他們各自回了一趟現今的妖精種族居處，沒想到今天能夠在這邊碰面。

拜里看到我和哈維恩，露出大大的笑容，當時在孤島他雖然很正常地與我們交談，但神情非常壓抑沉悶，數百年來身在地獄般的環境讓他無時無刻都在戒備並隨時準備赴死；這次再見到他雖然仍保持著一身警戒，卻明顯開朗許多，不再是那種強撐的苦笑。

雷妖精原本就對黑色種族沒什麼成見，加上孤島最後撤退時他是被哈維恩救出來的，所以對哈維恩態度非常好。

「我的夜之兄弟。」兩人互做了見面時的祝福手勢後，拜里友好地拍了下哈維恩的肩膀。

「很高興見到你們都這麼有精神。」

綠妖精也朝我們做了個祝福的動作，個性緣故他沒有雷妖精那麼熱情，依舊如先前那般寡言，但衰弱感與絕望感都消散了，現在見到我們同樣散發愉快的氣息。

「你們不回種族了嗎？」哈維恩和拜里聊了幾句後問道。

「嗯，把雷槍送到雷妖精神殿後我還是想待在這邊，畢竟這裡很多孩子是我們找出來的。」拜里與綠妖精互看了一眼，雖然是笑著不過有些寂寥地開口：「而且……我們的心生病了，待在原族時，總有種說不出的痛苦與恐慌，只有在雲海島上才能得到平靜。我們的戰爭還未結束，直到瑟菲雅格島的所有紛爭告一段落後，或許時間就會撫平這難以平息的悲慟。」

我看著他們，覺得可能是類似創傷症候群吧，他們在孤島看著同伴一個個死去，又日復一日惶惶不安地守著倖存者，現在讓他們離開這些倖存者與雲海島後代，他們的壓力應該會比我們想像的還要大。

就連好像已經收拾好自己心情的流越都發生過類似的狀況。

「不過離開時，雷妖精首領還滿生氣，瞪大眼睛想找我決鬥。」拜里模擬一個憤怒表情，好笑地說：「因爲雷槍發生震動，拒絕被其他人觸碰，尾隨著我跑出來了，最後沒人能夠控制雷槍，只好讓我一起帶來雲海島。」

那雷妖精一族大概很胃痛。

羽族的祭司權杖很強，後來流越使用時經常呈現一種開掛的狀態；我們也見過幾次雷槍的運用，不過那時拜里狀況很差加上周遭狀況太多，反而沒有顯出非常厲害的模樣，現在想想，能成爲與權杖並列維護聖樹的聖物，恐怕當初根本沒發揮出多少實力。

我思考了一會兒，突然想到瑟菲雅格島上的妖精勢力分布——雷妖精、暴雨妖精。

突然覺得很巧，我最近才聽到雷雨妖精部族，也是雷妖精和水系妖精的結合，雷妖精是很常和水系族人聯姻嗎？

有點好奇，於是我就發問了。

「是的，雷系妖精很常與其他妖精族共同創造新生命，尤其是相輔性極佳的幾個同族，如水妖精。經常能繁衍出攻擊力強大的後代，我們重視強悍，而其他系的族人也互不排斥。」拜里笑了笑，說道：「結合的後人若成立部落或村子，有時可從名稱上判斷建村的最初代混血代表屬性；例如暴雨妖精第一代就是偏重水系、側輔雷系，而雷雨妖精則是顚倒。當然後代主要還是看遺傳到哪方，通常遺傳到其中一種，但血脈蘊含的力量會讓後人有機率變換能力。」

拜里又解釋了下，很多混血族群也會因爲不斷失衡導致滅族，例如初代很強，但過幾代逐漸衰敗、無法平衡先天血脈力量，嚴重的到最後會出現村落滅失的狀況，之後剩存的妖精後代就會各自回歸主系種族，類似我聽說過的雷雨部族。

暴雨妖精較少出現這種狀況，甚至還在瑟菲雅格立足，可惜沒等到他們壯大就滅於孤島戰爭。

「當然如果是自然力量直接生成種族的狀況，又是另外一回事。」

閒談了片刻後，伊多三兄弟也過來了，他們稍早被獨角獸們帶去另一處潭水接受淨洗，到來時身邊還有些水氣，帶著一抹舒適的清香。

一群妖精們又相互友好地交談幾句，流越與主事祭司銀絡終於緩緩到來。

雲海島不開放讓外人進入，所以必須要主事祭司打開一小部分屏障，從已經到達附近的公會人員那端接進米納斯的心臟。

我請出米納斯，買一送一還有個看熱鬧的魔龍跟著冒出來。

米納斯雖然看上去和平常一樣表情自然，但我感受到她的不安與期待，知道她並不平靜。最吵的應該是魔龍了，他一直在我腦袋裡碎碎唸說等到心臟回收可以做什麼做什麼，搞不好還可以恢復部分記憶吧啦吧啦，又各種魔音纏繞米納斯說等等記得先做力量連結啥小的。

最後這堆聊天室碎碎唸終止於米納斯幻影的一記白眼，不安與期待也被魔龍這輪吵死人沖淡很多。

完全不知道我腦子裡面剛剛經歷過什麼的主事祭司站到前方，抬起雙手在空氣裡展開一張泛金色的術法圖。

「過去準備。」學長輕輕推了我一下。

我有點疑惑不過還是順著學長的指引走到那張術法圖旁。

幾秒後，銀白色的匣子出現在術法圖上方。

幾乎反射性，我伸手捧住了銀白匣子。

這裡面，承載了米納斯的心。

公會如何把心臟調換出來先不提。

他們非常謹慎又誠意地準備了白精靈族的守護法器，能夠保護心臟生機不滅並刻有大量恢復術，讓米納斯的心臟可以得到最佳的庇護，且裝在裡面時外界完全無法探知裡頭的東西，就連先前流越使用的那種追蹤術都不行，完美隔離邪惡可能會有的探查。

後來我才知道這個守護法器是賽塔提供，賣了我全身器官連個角都買不起的超級稀有限定物，用完歸還之後得淨化很長一段時間。

當然這時的我不知道，我只覺得挖靠這東西絕對不便宜，看起來就來歷不小，材質雖然有點涼涼很像某種水晶或奢侈礦物，然而又不是。

「弱雞，先做靈魂連結。」飄在高處的魔龍俯瞰我，小飛碟同時四散開來。「她和軀體脫離太久，需要點時間重新連繫。」

周邊幾人不知何時站在各自的點位，以我們爲中心布開一個大圈，連西穆德都出現在哈維恩附近，輻射向外是更多獨角獸與飛狼帶著眾多幻獸無聲無息地出現，羽族的護衛長更是慎重地守在最外圍。

看來拜里與綠妖精並非單純過來閒聊敘舊，雷妖精手上握住雷槍，腳下開始展現一圈圈相應的雷光術法，劈里啪啦地聽起來很刺痛。

「雖然雲海島有我們精心製作的隔離術法，但這位閣下的原體力量不容小覷，又因封鎖異靈許久沾染相關氣息，還是謹慎爲上。」將大致瑣事都先打理過的銀絡微笑地說道：「從打開保護盒開始到結束，我們會盡力隔絕所有可能出現的威脅。」

看向米納斯，她點點頭，優雅地回過身向圍繞著我們的所有人雙手置前微躬身地表達最大的謝意。

「開始吧。」流越取出祭司權杖，在地面上敲了兩下，元素波動隨著動作漣漪圈般地展開，所有人腳下出現不同的各式陣法，一一相連後密集成網，完全覆蓋這一帶的地面原色。

水氣環繞在我們周遭，很快變爲水珠、一道道的水流，我面前捲出散著淡藍光點的水面，按照米納斯的指示將匣子放置好後開啓，撲面而來的是當初在地底感受到的那種強悍又霸道的水系力量，刻印在盒子裡的數十道術法立刻相應運作，把這股力量儘可能地封鎖在匣子內，逸散出去的則是讓流越與學長他們擋下，返送回來。

取出幻武原石，我將原石放置到水藍的心臟上方，小小的豆子離手後飄浮在原處，逐漸發出與心臟相同的微弱色光。

米納斯閉上眼，雙手在心臟與原石前微微張開，同樣的水色光芒形成空氣共振，水霧不斷翻騰瀰漫。不過和上次在地底不同，這次散發出的氣息沒有任何攻擊性，接觸時反而有種清爽舒適的感覺。

我和魔龍守在一邊看著米納斯，突然發現她的面容發生變化，但不是很明顯，只持續了數秒鐘就恢復正常。我們兩個對看了一眼，默默證實之前的猜測——米納斯有她自己的眞容，現在的模樣果然只是甦醒時從附近拷來的，目前的心臟不足以讓她完全恢復，果然還是得等找到本體。

水霧濃度達到最高時，我幾乎連旁側的流越和銀絡都看不見了，整個世界白茫茫一片。

與此同時，完全沒見過的影像出現在我腦袋裡面。以周邊這種嚴密的守護狀況而言，不可能是外部入侵，所以僅有的答案就是米納斯那邊傳遞過來的畫面，我們的幻武連結還在，她其實大可遮蔽掉浮出的記憶共感，然而沒有，她選擇與我一起觀看。

水霧中，米納斯側身朝我伸出手，我抬起手掌搭上微涼的幻影。

模糊的景物逐漸清晰。

最初我以爲看見的是一片森林，因爲呈現了整片廣闊的綠與黃綠，下秒發現不對，包裹著這些植物的是水，正確來說應該是海，光從海面灑落，穿梭在碎光與巨藻林中的魚類悠悠哉哉地擺動身體，似乎相當無憂。

半晌，一圈圈波紋在水中盪出，從其中游出條青藍色的小龍。

「您又躲在海族偷懶了。」小龍吐出了一連串泡泡，非常無奈地說道：「您這樣的話，遲早會被篡位喔……伏水的幾位閣下已經在神殿等待很久了。」

帶著某種煩惱，小龍在水裡轉了兩圈，又自言自語地繼續：「眞困擾啊，您與伏水幾位閣下即將出行……唔，好麻煩啊，時族那邊神神祕祕的搞什麼鬼呢，都不回覆我們的請求，下次再來找我們喝酒的話，可以把他們轟出去嗎。」

水波紋震起，巨藻林和小龍隨霧消失。

片刻閃過的畫面停留不久，我回過神，面前依然是一片白茫水霧。

銀匣內的心臟跳動聲十分清晰，凜冽的水氣慢慢從心臟透出，滲入幻武原石，冰涼無溫的寒氣傳遞到我的手環、手臂，沿著毛孔鑽入身體。

意外地，這股照理來說冰寒的力量居然一點都不會讓我感到冷，反而有某種清晰舒服的感覺洗刷過我的身體與腦袋，緊接而來的是水系力量開始往我身上鑽，或者應該說往我精神與靈魂裡囤放，接著手環和小飛碟裡也被塞了些許，我看見有架原本深色的小飛碟竟然緩緩轉成晶瑩的水藍。

對此，魔龍微微挑了下眉，卻沒有對小飛碟被入侵產生不爽的反應，更像是默許米納斯佔有那架小飛碟，並且在小飛碟被染成一半水藍時抬手點了點那架，半黑半藍的小飛碟突然從中撕開，直接左右分裂成兩架。

原本小飛碟有五架，現在分裂便多了一架，總數變成六，第六架是晶瑩剔透的水藍，頂著一抹水花般的紋路，還自帶滿滿的癒療水氣息，陽光映照下來亮晶晶的，看起來很可愛。

五架小飛碟我原本在使用上是一攻擊一防禦，另外三架爲增幅輔助，也就是在儲存能量時還可以把攻擊力加成翻倍，平日魔龍使用沒有區分那麼多，都是按他心意運用，後來其中一架增幅學會了暴食，在貯存能量同時也成爲凶猛的攻擊系。

現在多出來的第六架很顯然是治療專機，先前我靠杯過魔龍沒有給我治癒小飛碟，看來米納斯一直把這件事放在心上。

「慈母多敗兒。」魔龍嘖了聲，用了不知道從哪學來、完全不對的形容語。「妳給他退路他以後就給妳擺爛，強者都是從死亡邊緣生出，他要多死幾次才會強。」

水色小飛碟彈了一下，朝魔龍腦袋砸去。

很好，我現在知道水色小飛碟的指揮者是誰了。

外來的力量很快在各處棲息沉澱，沒多久我就感受不到存在，反而察覺到自己本身的力量好像被反向外抽，不知道是不是原石與心臟正在同步的關係，精神力逐漸下降，腦袋有點隱隱作痛，但還在可承受範圍。

比較可惜的是除了那閃瞬而過的畫面，我沒再看見其餘記憶。

白霧逐漸散去。

米納斯輕輕鬆開手，神色鎮定，並不爲缺失的記憶感到遺憾，也不爲恢復的零散記憶感到歡欣，就像平日每天一樣，露出溫柔淡然的微笑，示意心臟連結完成，一切平安順利。

告一段落、閉闔匣子後，守在周圍的所有人才慢慢收起各自的術法，然後我很驚悚地發現二十七不知道什麼時候出現在外圍圈，一臉剛剛也有參與的模樣收起腳下的銀色光圈。

「沒錯，人家有幫忙。」學長走過來，順勢抄了我小腿一下。

媽耶所以你到底還有沒有在偷聽啦！

搗著抽痛的小腿，我再度懷疑學長對於偷聽與否這件事的真實性。

「狀況還可以嗎？」夏碎學長微笑著對我問道。

「……咦？」被這麼一問，我猛地意識到整個人有點暈，腳底略浮，好像不知不覺喝茫，同時注意到米納斯和魔龍的幻影還有小飛碟都不見了，而我的藍條不知道什麼時候整個見底，精神力也被抽了個半空。

「白痴嗎？」學長拽住我的手臂，把我拖起來，另手接住差點掉落的銀匣子。

「剛剛靈魂連結時，因為你是原石的寄宿主，所以無意識貢獻了一部分力量，讓魂體共振更加順利。」流越手指在我腦袋上畫個圓，那種很茫的感覺瞬間退了許多。大祭司收回手繼續說道：「只是沒想到原來你平常沒有對寄宿靈體們設置力量上限，任由他們取用，方才差點被吸乾，同時又被塞入一堆寄宿力量，造成一時負荷傾斜，差點來不及調節。」

「米納斯本體非常強大，靈魂共振對力量的需求很高，如果不是她中途發現問題立即截斷你的力量源，你可能會變成乾屍。」學長嘖了聲，鬆開手讓我站好，隨即丟了精靈飲料給我補充紅藍條。

說起來我還眞沒有對米納斯他們設限過，畢竟我打怪都靠感覺和米納斯他們幫助……應該說根本都是米納斯和魔龍他們在打，這種狀況下當然不會去定什麼上限，他們在運用力量這方面幾乎比我強兩百倍吧，當然交由他們來啊。

腦袋裡，米納斯傳來愧疚的歉意。

沒事，反正沒被吸成乾一切都好說，而且在場高手這麼多，我認真覺得即使被吸成木乃伊了，百分之九十九還是有救。

哈維恩靠過來，皺緊眉頭翻出很多補氣補體力補精神力的東西給我，臉上掛滿了某種「果然沒看好差點又死掉」的憂慮神情。

……也可能是我看錯、吧。

大概。

原地休息了一會兒等各種狀態復元。

銀絡在短暫時間內先散去大大小小看戲的幻獸群，只留下代表的幾隻飛狼與獨角獸，護衛長走過來遞補充食物給大家，依然十分沉默。

確定暈眩感完全消除，我再度放出米納斯與魔龍，順便把那架水色小飛碟也揪出來放在手心上翻來翻去把玩一下，第六號飛碟身上的水紋真的與米納斯的原石有點相似。

「妳是正統水族的一員吧。」流越邊收起祭司權杖，邊接過我手上的小飛碟，點了幾道術法下去，小飛碟變得更加純淨了。「最初看見幻武兵器屬性就猜到一二，精純的水力量與王族印記，這不似水系妖精或混血，應是高階水精靈族或眞正的水族才會有如此強大的底蘊，以及極高的自主意識。而妳的心臟更加確認了這點，散發出的全是純淨水之力與正氣，不是尋常種族成員能達到的境界，必定是貴族或王族以上。」

米納斯輕輕點了頭，朝眾人溫柔一笑。

「是的，我的眞身是水族。」從空中飄浮降下，米納斯的視線與大家平齊，這時可以更清楚發現她的臉部確實有點變化，與原本有微妙的不同，五官與氣質變得更加沉靜典雅，並有些不容冒犯的冷凜氣勢。「可惜的是，記憶並未恢復，所以無法確認我是否爲正統水族高階成員。」

「這點倒不用太擔心，有心臟力量與名字，我們就可以代爲向水族提出詢問，若您眞的是正統水族的貴族或王族，應該很輕易就可查找到您的原身。」銀絡身爲主事祭司，應該是得到流越的囑咐，很自然地開口承擔了這個外交問題。「如果您不介意由羽族替您發出訊息，我可以立即處理。」

米納斯看向我們幾人。

「我不介意啊，妳決定就好。」我馬上表示立場：「說好了一起幫妳尋找眞身，妳不用拘謹，如果真的擔心有問題，妖師一族站妳這邊。」

「我們也相同。」學長應該是提早與其他人溝通過，這時幫一起來的幾人傳達意思：「冰牙、燄之谷，甚至水妖精，也都可以為妳聯繫水族。」

「夜妖精也可以。」哈維恩馬上插一腳。

這時就看得出米納斯人緣不錯，雖然身為幻武，但平常與大家接觸不算少，現在他們都紛紛表示願意當她的後盾。

再度向眾人道過謝後，米納斯也不浪費時間，當下便託請銀絡幫忙。

銀絡將羽族的訊息發出去之後沒隔多久，很快得到回音，她當著所有人的面解開回應術法，內容很簡單：水族收到這份託請，會盡快幫忙核實米納斯的身分。

查找身分不是馬上可以回應的事，萬一米納斯的真正身分是像學長這種高機密高危險高麻煩的，大概還要等一輪族長和長老們的討論，才可進一步接觸。

「在這之前，先找個地方存放心臟吧。」流越提出眼前更重要的事：「心臟曾與異靈長時間共處，攜帶並不安全，其他異靈很容易會尋隙闖入。」

說起來也是，找到米納斯身體前，還是要藏好心臟……等等所以應該放哪！

「月凝湖？」學長率先提出冰牙精靈的守護脈絡。

「……是想要大王子那邊被進攻不完嗎。」再把心臟塞過去，不覺得冰牙族會照三餐含宵夜被加碼入侵嗎？

別說冰牙族，燄之谷現在也一天到晚被打來打去啊，這幾天還有人掛掉了喂！同道理，避世的雲海島和雲上島就更沒有沾染這些禍事的必要了。

這麼一講，所有人瞬間沉默。

異靈與鬼族、邪神結盟後，目前在各地殺人放火，還重點突擊大小種族欺負弱小，即便是看守世界脈絡的大種族都有高度危險，更別說前陣子燄之谷的火流河還遭到入侵攻擊，仔細想想似乎哪裡都不安全。

我認眞思考了幾個地方，包括妖師本家，都覺得不怎麼ＯＫ，妖師本家甚至還曾被幾個智障過激白色種族闖入獵殺；學院或公會沒有冒著巨大風險幫助我的義務，他們本身也已被盯上了，再多個可能被異靈襲擊的炸彈沒必要。

「時間之流呢。」清冷的嗓音傳來。

我一時沒反應過來這誰，下意識就回：「那裡可以藏東西嗎？別騙我知識少什麼都不懂！」誰沒事把東西塞時間之流的。

吐完槽我才猛然驚覺提出這個建議的竟然是二十七。

你什麼時候靠過來聊八卦的啊！

還有為什麼時間種族藏個東西會想往時間之流丟，那是你們種族倉庫嗎！說好時間之流很難觸碰呢！

「時間之流是個不錯的藏匿地。」流越竟然認同了。

「確實，隨意觸碰會引起水滴風暴，即使是異靈也很難長時間逗留。」夏碎學長也投了認同的一票。

所以我說，真的可以藏在那種地方嗎？認真？

等等，說起來以前重柳拿來打人的珠子也是去時間之流撿的……所以你們時間種族沒事都是跑去那裡逛街撿寶藏私房錢？

按著腦袋，我突然覺得時間種族好像哪裡怪怪的。

「那裡倒是不錯，弱雞如果你沒有更好的地點，藏在那最好。」魔龍也投了一票，而且補充說道：「那個鬼地方真的要藏東西的話，除了置入的傢伙，真正的時族都不一定可以找到。」

大概就等於大海裡面藏一根針的感覺吧。

我去過時間之流，也曉得其實那地方沒有真正的實體，藏匿物品基本上是藏在時空「夾縫」，確實會如魔龍所說，除了原本的放入者以外，其他人很難找到。

看向米納斯，心臟主人點點頭表示同意。

「有可能需要的代價就由我來支付。」學長突然迸出一句。

「等等，什麼代價。」我馬上拉起警戒線，抓住學長的手腕。

「即使是正統時族，在某些情況下觸碰時間之流可能也須付出些許代價，更別說還有時間告密者的存在，提早準備代價是預先做好應對，不一定眞的會用到。」夏碎學長微笑著拍拍我的手，讓我不要過度恐慌。「幸好單純借用地方放置物品，可以使用含有力量的物品交易，我想擁有兩族寵愛的冰炎是最適合幫忙籌措這些代價的人。」

簡單地說，學長有錢，超級有錢，不但有錢還有千萬年起跳的背景靠山，所以準備許多「有力量的物品」來應付告密者，對他來說極爲容易。

我鬆開手，無言地吐了口氣。

「非常感謝你，未來我會將所用物品按價值悉數奉還。」米納斯倒也沒有眞的打算讓學長當冤大頭，當下就想立借貸契約。

「不用了，反正就算妳沒辦法還，找褚也可以。」學長揮揮手拒絕了借貸契約，轉頭就把債務堆到我頭上。

「？」我整個大問號。

突然債台高築。

但按照學長的個性大概也只是講講幹話，我只能儘可能把我手上拿到的好東西給他，萬一哪天他突然眞的要跟我算清，我、我就只能問他接不接受以身相許，要錢沒有、要命一條，如果付不完，只好債分一萬年，禍留子孫。

這樣想想，至少有三四五六七八代起跳的後代會徹底記住我，某方面來說好像也……有點喜感。

問：欸你家祖先留什麼傳承給你。

答：要繳幾十代的萬年欠款呢。

就是那個向精靈亂借錢的×××！幾百個祖先裡面只記得他！

「……褚。」

「沒有，我什麼都沒想。」馬上和學長拉遠距離，我摀住腦袋保護生命安全。

米納斯微微笑起，沒繼續糾結這個問題，來日方長，未來怎麼做還是她自己決定。

既然代價問題解決，剩下的就是要前往時間之流藏匿心臟這件事情。

按照二十七本人的說法，時間種族包括重柳族在內，不論是正統本族或分支都有不少行走的經驗，對他們來說穿梭這些地方是很平常的事情，而大多數時間種族遊走久了會在時空發現一些不為人知的隙縫或隱蔽處，甚至是廢棄的時間軌跡；曾經身為白川主的裂川王八蛋更還發現ＢＵＧ可以卡，妖師一族也有在精靈與時族的幫助下把起源書埋入時間長流的記錄，所以時間種族運用這些「夾縫」來深埋一些很可能會動搖世界或軌跡的貴重存在算是常態。

二十七是重柳族一員，他身負尋找族人靈魂的任務，因此行走時間之流的次數並不少，手上也有幾個這樣的「夾縫」點，在異靈很可能會被心臟吸引來的前提，他可以暫借我們一個存放，只是時間之流不穩定，隨時都有被軌跡或時空紊亂沖刷的風險，越小的越容易發生，所以不能放太久。

「可保證的大致是多久？」夏碎學長發問。

「有一個剛過紊亂期，能確切保證不會變動的時間約莫兩百年左右。」二十七如此回答。

……兩百年也不算短了吧。

我看著壽命爆炸長的重柳族，再次意識到大家對時間流逝的感覺不同。

雖然重柳族的某些人在是非大義上可信，而且二十七還展現出善意，並借出他所知的夾縫點，但我還是無法信任他單獨帶著銀匣前往，畢竟事關米納斯，即使被認為小心眼、疑心病也好，真的沒辦法徹底安心託付給認識時間這麼短的重柳族。

最好就是我和他帶著銀匣去藏，知道放在哪裡、怎麼放，我才安心。

正當我想開口提要一起前往時，外圍那些躲躲藏藏的小幻獸們突然出現騷動，四處跳出小動物，並開始朝某個方位拔腿狂奔，那名羽族護衛長更是直接張開翅膀唰地一下急速消失。

標準的突發重大事故狀況。

我朝那方向看過去。其實看不太到什麼，畢竟樹林之類的密密麻麻覆蓋著，地面的視角根本不可能看得出所以然，但從天空卻能隱隱發現有個不同於藍天、很淡的煙灰弧形色澤。

這抹顏色一出現，雲海島各處開始傳來幻獸們不安的鳴叫聲，連我都可以從那些緊張的聲音中察覺出煙灰弧有很高機率是某種示警，或者發生了什麼嚴重的狀況。

「我們最好也去看看。」銀絡蹙起眉，神情有些擔憂，尤其轉向流越時更加凝重：「是高階獨角獸的求救警告。」

第三話　鹿步荒野

沿著幻獸們聚集的方向追過去，遠遠就看見雲海島邊境處圍繞了大量獸群。

幻獸群非常有規矩地在外頭一圈圈列好，並沒有一窩蜂全衝進中心，在一段距離外便停下，乖順地等待結論。

我們跟著銀絡到達時只看見高大威嚴的銀色獨角獸與巨型飛狼立在幻獸們的中央，神色嚴肅地注視著天空逐漸淡去的煙灰色彩，羽族護衛長也在，他們前方有個運作中的法陣，也呈現很相似的煙灰色，法陣內部有好幾個圖紋快速閃爍，頻頻往同一方位靠攏。

「我們連結好標記點，正打算派人過去救援。」銀色獨角獸朝流越與銀絡點了下頭，語帶擔憂地轉回頭盯著煙灰色法陣：「還未歸來的高階獨角獸只有那幾個，數百年來除了謁摩那次，已經很久沒有誰使用過這麼危急的求救警告了。」

總覺得大獨角獸說的那名字好像在哪聽過，我站在學長他們身後有點疑惑。但說到高階獨角獸，式青應該算一個，現在他遲遲未歸，該不會那麼衰小就是他吧？

我拉了下學長，後者瞥了我一眼抬起手，示意稍安勿躁。

「謁摩發生什麼事了？」先發出詢問的是流越，他這麼一問我才想起會有點耳熟是聽他提過，但當時他算是自言自語，並沒有詳細說是哪位。大祭司想了想，繼續說道：「來到雲海島後我還沒見過謁摩，他一直在外尋找永凍者嗎？」

「這……」銀獨角獸與大飛狼互看了眼，雙方似乎都有點意外，於是由銀色獨角獸繼續說明：「式青沒告訴您嗎？謁摩許久沒有回到雲海島了，我們最後一次見到他是數百年前吧，他破譯古錄後發現可能有永凍者的下落便離開雲海島調查，但某一日突然發出求救警示，我們到達時並沒有看見任何人，也無留下任何指引，此後就沒再見過謁摩。幻獸們遊走在自由世界時常會打探謁摩的下落，至今未果。」

「這事情稍後再談吧，我們先出行救援。」銀絡終止對話，畢竟眼前的求救比較緊急，她並不想浪費時間耽擱在此。「我……」

「我去。」流越直接承接下救援。

我本來也想跟著去，但米納斯的心臟同樣不能拖延，兩方相比米納斯更為重要，畢竟還牽扯到可能會引來異靈的問題，看來只能兵分兩路，至少流越實力堅強，應該不會出大狀況。

不知道是不是看出我的想法，一旁的哈維恩突然對稍微落後但還是跟來的二十七開口：

「我和你去時間之流，米納斯閣下的心臟很重要，我無法信任你。」

二十七面無表情地注視哈維恩片刻，微微點頭，表示同意。

我可以理解哈維恩的選擇，他除了知道我顧慮米納斯但又擔心獨角獸以外，還有個原因是時間之流和外界時間不同步，進時間之流就會蒸發一段日子。

最近我們周遭很多事情的發展都不對勁，就連遲鈍如我都可察覺似乎有看不見的手不斷強硬推進各種變動，一旦踏入時間之流，外界局勢改變可能會相當大，並且無法插手。

但又如何，這對我來說應該不會有太嚴重的影響，米納斯比那些陰險的謀算更重要。

「你還有其他的事情須去做，讓哈維恩幫我吧，只是走一趟路而已，外面說不定很快又能找到我的軀體呢，別浪費時間在運送。」米納斯打斷我的想法，在聊天室輕輕地說著讓我無法反駁的話：「其實這位重柳族的眼神非常乾淨，我相信他不會動手腳。」

我猶豫了一會兒，最後還是同意讓哈維恩幫忙藏匿心臟。

心臟的藏匿處確認完畢，哈維恩和二十七並沒有多加停留，兩人在流越與銀絡快速替銀匣加了好幾重保護術法後，二十七當場撕開空間走道，帶著哈維恩一前一後離開雲海島。

「你們如果想一起來，就跟好。」流越回頭望向我們幾人，最後朝向同樣蠢蠢欲動的水妖精三人：「不先回水妖精族去嗎？」

伊多搖搖頭，微笑道：「事態緊急，我們也可貢獻微薄的力量。」

雲海島幻獸們的總體實力不能說強，不少甚至還有些弱，小幻獸們一直以來幾乎都是由羽族、獨角獸和飛狼盡力守護，成群結黨出行還要避開心懷不軌想要捉捕他們的種族，水妖精們應該是顧慮到這一點，於是二話不說提供戰力。

「嗯，走吧。」流越沒多說廢話，揮揮手要焦急的幻獸們不用進入，只讓銀絡等人加強對浮空島的戒備，隨後便一腳踩進煙灰色陣法，我和西穆德秒跟上，接著是學長與夏碎學長。

陣法的轉移速度非常快，周邊景色幾乎眨眼間變換，看得出幻獸們製作陣法時注入了許多能量加強運轉，保證移動過程不會遭到意外。

流越在即將到達瞬間揮出祭司權杖，咚咚兩聲立時展開陣地大結界，煙灰色陣法散開同時，以我們為中心點的保護術法圖紋飛速交織完成，第一時間隔開外面劇烈燃燒的火焰及蔓延的紫黑色毒素。

一連串乒乒乓乓在結界出現那刻於術法壁上響了一圈，震起不友善的漣漪，宣告我們必須立刻進入備戰狀態。

「鬼族！」

羽族大祭司撒出第二層防禦壁，急速朝外擴張的術法圈把撞過來的巨大物體推出好一大段距離，陣地結界與防禦壁之間倏地形成中空，把毒素與火全都反向抽出去。

「夏碎！」學長沒有回頭，甩動幻武兵器刷了整排冰霜，切出一條巨大白線，帶著霧氣的長槍逐漸轉成剔透火紅之際，外面的火海硬生生被壓低，像是被人搥了腦袋，全都萎靡地往地面捲曲。

夏碎學長在被喊到前手上已出現幾張符紙，動作極爲優雅，不慌不亂地將其依序點到空氣中，引動的能量連結描出某種圖案，隨著吟唱的咒文，圖案中心吹出水珠，持著紙傘的無臉和服女性踏著水珠在空中舞動一圈，大片大片的雨雲在高空形成，眨眼暴雨降臨。

我閉眼切換成另一種精神視覺，順著暗光捕捉藏在火海裡的所有低階鬼族，數量比眼見的還要多很多，這些鬼族身上皆有某種避火的術法，難怪不怕被燒。小飛碟散出，恐怖力量搭上精神網路連結所有低階鬼族，我直接碾壓那些無意識的詛咒與呻吟，「全體轉頭，吃掉你們上司！」

低階鬼族齊齊一震，扭頭開始往後面的中階鬼族身上撲。

伊多張開雙手，雙生的幻武兵器被雙子們握住，驅動水與雷，搭配暴雨，防禦壁外頓時轟鳴和尖銳的水刃漫天飛舞。

火焰被全數壓制到只剩離地不到五公分的火苗時，終於露出藏在其中的食魂死靈，暴怒的雷電連劈了十幾次，把那隻體型不大的食魂死靈打掉半顆腦袋，血淋淋的軀體也變得焦黑模糊。

我連結上食魂死靈，還好這隻很小，應該剛生成不久，裡面的核心亡靈勉強可逮，我再度吸取小飛碟裡的黑色力量，忍著腦痛硬把不斷掙扎的食魂死靈控在原地。地面上緩緩轉動的陣地術法提供我們些許治療與元素補充，這倒是讓頭殼痛得到了緩解。

不知道什麼時候離開陣地結界的西穆德出現在食魂死靈上方，一腳踩住殘餘的半顆腦袋，手上彎刀揮出，當場把食魂死靈分解成好幾十塊。

周圍火舌舔上食魂死靈的碎塊，在焦黑的血肉中跳動焚燒，燒斷想要重新組合的食魂死靈，發出各種詭異的滋滋聲響。

血靈沒有遲疑，直接離開食魂死靈附近。

下秒，黑術師出現在轉瞬崩毀的一片狼藉之間。

「冤家路窄啊。」

看著黑術師，我只有這個想法。

雖說在那堆鬼族、食魂死靈裡捕捉到黑術師的精神時就知道這傢伙在場了，不過實際看到對方後果然還是想要慣例感嘆。

看這傢伙斗篷的圖案，是裂川王八蛋黨羽無誤。

「你還是與這些白色種族的小雜碎混在一起啊。」黑術師斜了眼地上被燒成一坨坨還在不斷扭動的食魂死靈，冷嗤了聲。「既然你們殺不了我……」

「爲什麼你們都覺得殺不了是好事呢？」流越突然打斷對方的話，有點疑惑地開口詢問：「像你這種不入流到被拋來飼養食魂死靈的黑術師，可處理的辦法太多了吧。」

因爲流越的話出現異常的攻擊性，所以我們不約而同往他看了眼，而黑術師整張臉猙獰扭曲，似乎對於被說「不入流」這件事情感到憤怒。

……？

該不會還眞的被戳中痛處吧？

「竊取時間的永生嗎？雖然難以死去，但還是會痛到寧願去死，不是嗎。」從地獄爬出來的大祭司用很簡單的話語，平淡無波地說出他的想法：「你想死幾次呢？一千次、一萬次足夠嗎？或者我可以用光系術法將你骯髒的意識體拖出來、卡在時空亂流裡，令你在無人的縫隙用最淒慘的死法永永遠遠重複死亡與再生。又或者，在死個上千萬次之後，你竊來的時間就正好這麼消耗殆盡呢？」

略思考了半秒，沒有注意黑術師鐵青的臉色，流越歪了歪頭，「畢竟，對付同樣不死的大魔族與異靈時我也有許多辦法，他們即使不畏死亡、不斷重生，還是會覺得很疼呢，有魔將軍消耗到最後甚至都寧願進入沉眠了。」

……

……

我現在非常想知道孤島這幾百年來都發生什麼事情。

先前我以爲流越等人一面倒被那些邪惡壓著打，甚至傷重到面目全非，但現在聽起來好像他的敵手也沒舒爽到哪裡去？

「你——」

黑術師才剛吐出一個字，巨大的黑色翅膀猛然在他面前展開。

我們都沒預料到向來主防禦的流越竟然會秒衝出去，一把抓住黑術師的脖子，戴著手套的手指深深掐入對方頸子，金色光芒大量灌入皮下，從他染黑的五官迸炸爆出，幾枚亮到刺眼的圖印轉出來，又對著對方蓋上去，把黑術師可能發出的哀號直接燒熠。

流越手臂一橫，看似輕鬆簡單但畫面非常驚悚地將黑術師的頭整顆連皮帶肉拔下來，瞬間讓人以爲這不是生物，僅僅只是個黏土玩具；遭到突如其來重擊的黑術師還來不及再生，大祭司另一手勾動權杖拉開一道黑色縫口，把腦袋塞進去，隨後那具失去腦部的軀體也被大卸八塊

一併塞入。

啊這……

我看著羽族大祭司單方面開啓碾壓，一時之間不知道該說什麼。

這是塞進去時間亂流裡面嗎？

「用你可以理解的講，流越剛剛將他的軀體綁死了他的時間環，所以他會在時間亂流一直被沖刷，直到有人幫他逃走。」學長咳了聲，可能也有點同情那個黑術師吧，神情微妙地道：「會皮肉骨連同內臟一直被削爛、再重生，可能和人類時時刻刻被王水沖刷差不多感覺。」

不不，正常人類受不了時時刻刻被王水沖刷。

光想就痛得想去死。

「那麼喜歡永生不死，便深深地感受永生不死的滋味吧。」流越很不以爲然地回到陣地結界內，收起翅膀，甩掉手上髒污的黑手套，戴了一個新的上去，遮住短時間露出、帶有舊傷的手。

總覺得流越針對黑術師時隱隱有點怒氣，不知道是否因爲那所謂永生環的關係，但他上回遇見其他黑術師時並沒有這麼主動。

到底？

「還好嗎？」伊多關心地走過來，其他人在清理外面殘餘的邪惡時，他看起來反而比較悠閒，按部就班地輔助運行周邊的各種結界與術法。

「只是先……收利息？」羽族大祭司收斂起剛剛的冷厲感，很認眞地告訴水妖精：「我是聽人這麼講的，不是外界的流行嗎。」

又是誰教他亂七八糟的東西？

總覺得流越重新和外界接觸之後逐漸學會一些怪怪的言行舉止。

欸等等，爲什麼他要先收利息？

這個問題在火焰與毒素完全散開之後得到解答。

灰燼的盡頭那端趴著灰頭土臉的巨獸。

人形應該是七彩顏色那頭。

⁂

「你們怎麼跑到這裡啊？」

恢復人樣後的西瑞舔著手臂上的傷，大大方方地坐在旁邊凹了一個洞的黑石頭上，環顧了一圈我們一行人，跳過盯著他看的雷多，嘖了聲，用譴責的語氣對向我：「你是不是又跑去好玩的地方了？」

「我有給你訊息啊你一直沒有回。」我把哈維恩準備的藥物掏出來遞給對方，配合流越和伊多幾個人幫忙使用治療術法，生命力強韌的獸王族很快就回血個七七八八了。「你不是在羅耶伊亞家？怎麼會在這裡，還遇到黑術師？」他最後一次回訊確實是說家族有事，所以用這種方式出現在這裡讓我感到很意外，從現場痕跡來看，在我們來之前他幾乎是一個人硬生生和大批鬼族槓在一起，幸好流越檢視後他並沒有被毒素侵染，傳說級凶獸果然很耐揍。

站在一旁的流越在袍子裡翻一翻，突然抽出一袋東西遞給西瑞。

「……？」我默默認出來好像是採購時買給他的小零食之一。

「啊謝了！大爺快餓死了！」西瑞也沒在客氣，直接把零食往嘴巴裡面倒，還不忘說：「大爺自己帶的那些都吃光了，這些雜碎妖道角真夠耗肚子。」

是打成怎樣才可以把他空間裡囤的食物全吃光？還有你一邊打鬼族居然還有時間吃東西的嗎？

旁邊幾個看西瑞好像真的很餓，紛紛把自己帶來的乾糧拿出來，連西穆德都掏出幾顆明顯是從雲海島小動物那邊得到的水果。

等待殺手補充能量的同時，流越讓學長和夏碎學長淨化這附近的毒素，他本人把食魂死靈的殘骸完全處理掉，避免碎屑復甦又跳起來作祟的可能，西穆德則是快速收集戰場氣息，以便運一波糧食回血靈族內，雷多和雅多就近在周邊巡邏警戒。

西瑞極快掃完食物，整體狀態看上去好很多，他拍拍屁股從石頭站起，其餘人也差不多完成工作。「所以你們跑來這裡幹嘛啊？不是去幻水魔嗎？」

我簡單解釋了下幻水魔那邊事件告一段落，而我們在雲海島接到求援的事，當然拼圖的事情無法讓他知道。

「啊，那個是求援喔。」西瑞恍然大悟一擊掌。

「你遇見幻獸了？」流越問道。

「有啊，之前那傢伙，應該和臭老大在一起，受傷滿嚴重。」西瑞在自己身上比劃了幾下表示對方受傷的位置，有好幾處都是致命傷，接著指向焦土另端。「我們追查某件事到這裡時剛好遇到，那傢伙放個炮就跑，我還在想說那啥偷工減料的炮連個聲音都沒有，還不如大爺的龍炮。」

果然是式青。

根據西瑞所說，他們循線到這附近時就已經有不少中、低階鬼族了，當時狀況有點複雜，與他同行的大哥還有差點掛掉的式青先進入他們原本的目的地，他本來覺得這群小雜碎沒什麼，把這票東西轉移到這一帶堵著打，沒想到很快出現食魂死靈和黑術師，更沒想到會在這裡碰見我們。

「有緣千里來相會啊。」某殺手給了一個完全不對的結論，全然不提如果我們沒出現他可能真的會掰掰的事。

處理好周圍環境，西瑞帶我們離開這片焦土，跟隨放有暗號的路線一路西去，逐步脫離戰區，地面漸漸出現沒有被波及的正常土壤和稀疏的植物，枯黃的草根滿地糾結，接著才有零星的綠色草葉，四周廣闊起來，一眼望去全都是褐色土壤與開滿芒草的荒原景象。

那些很像芒草的野生植物隨著我們越走越深入，從膝蓋、大腿的高度，變成了比人還高，而且分布零散術法，大部分已被人破壞，少數還堅持不懈地運轉。

流越邊走邊和學長他們修復這些術法，很快地連起了一大片後，我才發現是這一帶的守護術。

「前面有鬼族……？」正跟著辨識那些術法文字時，我突然感覺到細微的黑色波動，可知數量超級多，但力量感非常微弱，而且幾乎沒有變化也沒有位移，好像整批被固定在原處。

隱隱猜到大概是什麼原因，不過我還是往自己貼個風術法與大家加快速度脫離這片無聲也無任何蟲獸、相當異常的芒草原。

芒草原後，是一座石造的破敗神廟，廟宇規模與佔地不算大，約莫八成左右的建築已經坍塌，然而吸引人目光的其實是外圍一圈圈的鬼族石雕，各種奇奇怪怪的姿勢都有，全是攻擊中被凝固的模樣，不知道形成原因可能會以爲是什麼地獄神廟之類，每一尊的面目與動作充滿猙獰。

好，確認大哥眞的有來過這裡。

這堆鬼族應該不會有人來幫他們付贖金了。

「走吧。」學長揮動長槍，火焰直接橫掃這些石像，高溫極快地粉碎掉因爲太扭曲所以顯得極爲陰森的石像群。

「所以你們爲什麼會來這裡啊？」我看著走在旁邊的西瑞，低聲詢問。

「啊，那個啊……」西瑞抓抓臉，把湊過來的雷多踢開，一手搭在我肩膀上。「老大不是給你們那個記錄嗎，這裡啊，最後陳屍的地方。」

記錄？

陳屍？

「這裡是鹿步荒野？」我猛地想起之前去羅耶伊亞家族時大哥借我們閱讀的報告記錄。

「星神廟？」

「嘿對，就是這裡。」西瑞打了個響指。

「你們來過？」走在比較前面的夏碎學長好奇地回眸，帶著其他幾人看過來。

我問了一下西瑞，他點頭表示可以，我就把當時看到的記錄稍微解釋一下，然後告知最後調查者和相關的另外兩人都是死在這個地方，接著皺眉看向西瑞：「所以為什麼你和大哥要跑這趟？」就算是要調查蕾妮的死因也隔太久了吧，都是幾百年前的事了。

「就前兩天回來送禮時，臭老大說我們這邊的椿都不見了，最後傳回來的是死亡的臭味，八成都掛了，看了位置發現是這裡，大爺想想跑一趟也不會怎樣。」西瑞聳聳肩，邊說邊開始咬牙切齒，語帶憤慨：「誰知道有這麼多小卒，害大爺來不及回去，你就跟人走了！」

越講越生氣是怎樣？

我拍開西瑞的手臂，眼神死地聽著他不爽的語氣，「沒有，我出發前有先通知你，指控不成立。」

「你帶著小三小四小五小六來找本大爺，就說明了一切！」西瑞啐了聲，表達他扭曲的不滿。

「哪來的排名！又看了什麼啊，為什麼你有時間看奇怪的劇？」這傢伙最近不是也都在外面跑來跑去嗎！

「時間不是跟胃一樣有另外一個嗎，追劇用的。」西瑞理所當然地回答。

「不，並沒有。」不要偷換概念，時間和甜點不是同種類。

「我們快到了喔。」伊多微笑著打斷我們兩個爭執起來的垃圾話。

嘖，光講幹話都沒有仔細看星神廟內部的模樣。

不過這座神廟好像沒有遺留多少訊息，入眼所見不是因年代久遠坍塌，就是古早前就被破壞得什麼鬼都看不出來，屋頂完全消失、非常透風，比較明顯的只剩下一個超級大的鹿頭石像被橫砍在地，鹿的面目模糊不清，只能從留存、沒折斷的鹿角來猜測。

「這裡以前也是獸王族的地盤嗎？」我小聲地偷問。

「嗯，星神廟裡的是星神與鹿神，所以這一帶叫鹿步荒野，以前是鹿族的統治地。」西瑞也很小聲地回答我：「遇到那群傢伙要小心他們的腦袋，被撞到比較痛。」

簡單易懂。

經過了大殿和一堆亂石堆積處，還沒進到後頭我就先感受到一股強烈不妙的氣息。

血腥、毒素，還伴隨著邪惡的黑色力量。

「無事，進來。」

大哥的聲音從裂開的巨大石柱後傳出。

本來以為進來可能會看到更多鬼族石雕之類的畫面，然而我想得太簡單了。

我們一群人繞過倒塌的神廟石柱後，出現的並不是大批鬼族石雕。首先是一身傷的獨角獸趴在左側，接著是身穿俐落黑色大衣的大哥，他背對我們，渾身散發恐怖的戾氣，而在他面前、正對我們的，只有一具石像。

如果不是因為我認得它的臉，還眞看不出來這是一個異靈——之前屠戮狩人部族，被二十七爆小道具又陸續遭公會打個半死的異靈琵瑞莎。

石化的異靈劇烈震動，粗糙的灰白色表面不斷碎裂開，從裡面滲出邪惡的氣味，然而在破開一小部分的同時又被灰白色石質封起，居然就這樣硬生生被固定在原地。

還可以這樣搞？

雖然不知道大哥是怎麼逮到這隻衰小的異靈，但可以讓這東西幾乎反抗不了地被迫留在這裡已經很可怕。

流越見狀立刻一個箭步上前，幾十層術法圈瞬間囚禁還在瘋狂顫動的異靈石雕，一邊的學長們和伊多三兄弟都上前去輔助幫忙，大哥則是趁這空隙往後退開，單手按住雙眼。

過了一會兒，大哥才移開手，驚人的壓迫感緩慢消散，冷凜的面孔掃了西瑞一眼，似乎在確認他的狀況。

我看大哥好像沒事便快步走向獨角獸，確實是式青，這傢伙明明是個隱藏的高手，沒想到還被打成這樣。

在旁邊蹲下並取出米納斯附加能力的水色小飛碟按到色馬身上，我翻找出一些藥物塞進馬嘴裡，順便引出幾縷盤據在獨角獸身上的黑色氣息，糾纏的毒素離體後，那些看上去相當嚴重的傷勢開始癒合，只是速度很慢。

「唔……」

色馬的聲音出現在我腦袋裡，有點掙扎，緊閉的眼睛跟著顫動掀開一小條縫。「大、大美人吹吹才不會痛……」

「……」

痛死好了，馬的。

我面無表情地往這肥大的身軀一巴掌拍下去，直接把這混帳東西拍得馬身一抖。

大哥走過來，見治療術起效，沒多問什麼，直接調頭往異靈方向回去。

注意到痛得快翻白眼的獨角獸竟然用那條小眼縫盯著大哥的背影，我非常無言，接著就聽見這色胚一邊疼痛抽氣一邊喘。

「可惜大美人殺戮味太重了……沒辦法靠……」垂死的獨角獸腦袋裡全都是糟糕的想法。

竟然敢肖想大哥啊！

是不是真的想死看看啊！

都意識模糊了竟然還在想這些有的沒有的！

「居然還活著啊。」西瑞不知道這色馬腦子裡面亂七八糟，一屁股在我旁邊坐下。

還活著，而且用殘留的意識在對你大哥意淫，看他還有心情貪圖美色，大概是死不了了。

當然這些話沒有跟西瑞說，不然我覺得色馬大概穩死不活。

治療獨角獸的同時，圍攻異靈的那邊似乎也暫時告一段落，石化的異靈又被凝結成冰，密密麻麻的術紋內幾百層、外幾百層地覆蓋兼束縛，眾人各自往後稍微退開，被裹成繭的異靈終於不再動彈，連氣息也被收拾得乾乾淨淨。

流越走過來，在地上畫出幾個陣法圈，除了淨化還加速治療獨角獸。「你們兩個也過去。」他轉向大哥和西瑞，指指治療圈，完全無視大哥的霸總氣場。

大哥把罵罵咧咧的西瑞推進去，自己也站進術法當中，很鎮定地接受幫助。

我退開湊到學長身邊，有點擔心地看了幾眼異靈繭，雖然被刷了小道具又被痛揍過，但畢竟是異靈，上次沒把它殺死，它竟然又活蹦亂跳出現，間隔時間那麼短，恢復力眞的很驚人，都不知道平常是嗑什麼。

「只能暫時壓制。」學長也看出我在擔心什麼，冷冷說道：「雖然我們使用了古代大陣分解它的力量，但恐怕無法支撐太久。」

「只是沒想到羅耶伊亞族長能夠箝制異靈這麼長的時間。」伊多有點敬佩地看了看正在接受治療的大哥。「凶獸系的獸王族果眞十足強悍。」

「可惜打不贏。」雷多帶著有點好戰意味的惋惜，一旁的雅多也點頭同意他的看法。

「那玩意眞的殺不死嗎？」我皺眉，非常不希望這異靈又逃跑，就算會掉小道具也不行。殺害那麼多人，怎麼可以放它一再逍遙。

學長沉默了幾秒，才緩緩點頭：「說不定可以，等流越和羅耶伊亞族長。」

言下之意應該是可以殺，但是要力量強大的殺，應該沒理解錯吧。

「異靈如果沒有一口氣消除，會在瀕死時招來同伴，屆時大概很高機率直接團滅。」學長彈了幾個術法出去，再度固定又開始震動的異靈繭。「不過我們現在人多，或許沒太大問題……吧……褚你腦子閉緊一點。」

「有、有很緊！」我馬上摀住腦袋，我什麼都沒亂想而且我還打從心裡祝異靈快點掰掰！

說話之間，夏碎學長和伊多幾人開始清理異靈附近的斷柱碎石，沒多久便清出一片空地，接著學長帶著大家拿水晶和靈符畫輔助陣法，還分了很多密密麻麻的立體影像給大家對照。

雖然時間地點都不太妙，但我恍然有種感覺，好像很久沒看到學長教夏碎學長陣術的平和畫面。略一發呆後，趕緊也湊過去聽講解，包括我在內，伊多等人和西穆德似乎都對這個要使用的祕法相當陌生，所以大家聽得非常認真，指示怎麼做就怎麼做。

我拿到的是比較簡單的基礎型元素陣，學校有教過，加上學長有給圖解，繪製起來還算順利；基本四大元素主副陣畫好後便有人走來，用不同屬性的水晶和靈符繼續疊加上更複雜的陣形圖紋。

不知不覺，開始有雛形的陣法圖雖然還未運轉，已隱隱釋出奇異的寒冷氣息。

與此同時，被壓制的異靈大概感受到了這些陣法成形後越來越強烈的肅殺氛圍，震動一次比一次激烈，外層凝冰碎開大半，石質粉塵大量噴出。

這時就能完全體會狀態恢復到最佳的學長和先前戰損的區別。

前陣子我對他們神壇濾鏡碎光後差點撿不回以前當小白的崇拜視線，眼下學長完整迸出壓倒性的強悍力量，我才有種好像又重回第一次遇到學長他們那種仰望強者的感慨。

甩出幾個帶著寒冷的精靈術法，學長將異靈的波動硬壓下去。

「嗯？這混血小鬼居然會古代神魔陣？」魔龍突然在聊天室裡冒出來，針對我們畫出來的一個又一個重疊陣法說道：「毛骨悚然啊，誰教的鬼東西。」

即使不知道效果到底如何，但光聽名字就知道針對性，反正不是黑王教的就是他從兩邊家族的誰那裡學來的吧？我個人比較傾向是黑王那邊教的……啊，三董事他們可能也有嫌疑。

周邊陣圖很快完成大半，另外一邊的治療也差不多告一段落。

水色小飛碟朝我飛來，頂著股濕潤的淡淡草香味。

我抓下來左右翻看，大概是剛剛在治療時有沾到外敷的藥物，現在已經弄掉了，整台光滑晶瑩，手感還冰冰涼涼帶點Q彈很不錯，有點像紓壓小玩具。

一隻手突然朝我伸過來。

默默地轉過去，果然是不知什麼時候在旁邊側頭盯著小飛碟的流越，他現在也越來越不客氣了，看到好奇的東西就直接朝我們攤手掌。

把水色小飛碟交給大祭司後，我看見大哥和西瑞走過來，兩人精神變好許多，色馬則是原地昏迷。

「式青氣力用罄，只是撐著一口氣，需要休息恢復。」流越把小飛碟捏了一輪才緩緩還給我，順便解釋色馬的狀況。

那傢伙的最後一口氣都用在看帥哥上了。

不知道我心糾結的流越去檢查大家畫好的輔助陣法，有點訝異地發出疑問：「我沒想到原來你們會，雖然只是簡化陣形，但畫得十分正確……難道神魔陣在現今的世界其實已經爛大街了嗎？」

不不，我猜應該沒有爛大街，畢竟魔龍剛剛還頗驚訝，而且其他人並不會，全體都拿了圖解看。

「我們不會呦。」夏碎學長露出友善的微笑。

「我前不久在師父那邊學了一段時間。」學長環著手，坦白承認來源。他前段時間因體悟到實力不足，私下去了一趟三董事那，記回不少古代陣法，這就是其一。

聽完這話我有點想吐槽，不得不說難怪別人永遠都走在前面，出身可怕是個天才還很努力，換成我大概要學一百年，或者直接擺爛。

「弱雞你要不要學，輸誰也不能輸那些紙片精靈！本尊教你！沒學會就不要睡！」魔龍突然出現奇怪的比較心態。

不用喔謝謝，我光看周邊那一圈又一圈的堆疊圖紋細胞就死了大概有三億吧，整個學會我大概這被輩子沒時間學別的事情，這種就讓專業的來。

「神魔陣是最初世界被入侵時，起源八種族的術師代表們一起研究出來、針對界外魔神異族與其麾下的獵殺陣法，其實有好幾種……你們繪製的這個與我所知的有些差異，不過簡化陣通常會視現場實行人員調整，構造核心主陣多半相同……卸去一半力量的支撐者……嗯……伊沐洛或者末闕都可以擔綱……」流越握著法杖開始繞著異靈走，杖底隨著他的動作，在陣法中心拉出銀色的光，光絲跟隨移動形成圖紋。「妖師作爲剝離者，實行成功率很高。」

怎麼覺得好像聽到什麼重責大任？

流越走動了好一會兒，底下的主陣法也越來越繁雜，銀色的光陣疊上青色的法陣，再向上疊了金色的術陣，然後又一層血色殺陣，最後是黑色的咒陣。

「好了，大家來分配任務吧。」

第四話　異靈的死亡

古代神魔陣源於當時大戰，由各族頂尖術師同聚一堂研究出來、應對界外入侵者的當代最高級術法。

最初由八個古種族攜手協力打造，因爲須要借用世界脈絡的力量運行，所以大多陣法得要八個種族合作才能施展出百分之百的效力。然而戰場變化無常，不可能隨時都有八名頂尖的各族術師起陣，因應問題，很快改造出了減少人數的簡化陣；雖然效用不如完整神魔陣好用，也容易被界外魔神破壞，不過當對象換成異靈或其他妖魔時，成功率相對提高許多，並且不用特地借用世界脈絡，陣法調整後在啓動上也不必全都是術師。

進一步地說，更符合這些術法的稱呼其實是殺魔陣，不過當時定下的統稱就是神魔陣，按照用途與主陣者再冠上其他附加名稱，例如星神廟臨時繪製的這個簡化版，完全型態陣法的名字是天戮神魔陣，驅動陣法核心的力量以自然系種族爲主。

簡化陣一般至少需兩名種族力量者互相輔助，但對上異靈時至少需四名高階種族，比較粗暴的方式就是這四人純粹提供元素能量，集中由驅陣的術師發揮，這時就很吃術師的熟練度與階級，如果啓動的術師階級不高又好死不死能耐比較矬，失敗率就會超高，甚至會馬上被憤怒的異靈破陣後反殺。

因此數千年前，這類神魔陣比較少被使用，先不提使用者們需對彼此有基本的信任，後來妖師與白精靈等一些強大的術師避世或死亡，種族間隔閡與爭鬥越來越多，熟練古代陣法的高強術師越來越少，啓用的門檻便更加飆速直升。

到了流越那一輩，這類高端的古代原始陣法，已變成大祭司或高階術師這樣具有無盡學習心的人才會主動去完整了解的存在。

我們一行人比較幸運的是有學過這些陣法的流越和學長在，且兩人實力驚人，所以驅陣的起步點算高，加上大哥本源力量可怕，夏碎學長和伊多都是可以提供術法輔助的好手，要處理一個結繭又被毆過好幾次的異靈似乎眞的不算太難。

唯一的問題在我身上。

「你必須呼喚這隻異靈的眞名，盡量抓住它碎散在外面的分體。」流越對我說道：「我們會開始剝除異靈的力量，直到它本體能量與生命力最低點時進行滅殺，在那之前你能夠招來多少就多少，否則留下太多它很可能會把靈魂核心轉去分體寄宿在他人身上，將對方扭曲爲異靈或妖魔。」

「當然你不招也可以，現在用的這個改版簡化陣是妖師避世後才改出來，本來就沒有冀望會有妖師協助，只是異靈逃跑借體復生的機率會超高。」學長陰森森地給了我一刀。

……

靠壓力好大！

胃痛啊救命！

「深呼吸，放輕鬆。」夏碎學長站在一邊親切地給我建議。「忍著忍著就過了。」

我深深凝視著夏碎學長友善的笑臉，認真思考這傢伙的幹話是不是變多了。

「你就像之前說的那樣。」學長想了想，大概覺得我的表情太崩潰，試圖吐幾句人話出來安慰：「反正我們不會對你有太大的希望，有最好，沒有也不意外。」

……恁老師。

「安啦大爺相信你！」西瑞對我比了一個大大的拇指，近乎愚蠢地咧出勇者無懼的笑容，「趕快幹爆這個弱到靠杯的異靈然後收工。」

「沒事的，只要盡力就好。」伊多帶著溫柔的笑容，拍拍我的肩膀，「不要有太大的壓力，我們也是第一次輔佐這個陣法，大家一起努力。」

大哥跟著大家的視線看過來，瞬間突然有種社畜被老闆盯上的不妙感。

「好了好了開始吧！」我被大哥看得毛骨悚然，連忙跑到流越指定的陣法點上。

學長畫的這個是五角陣圖，也就是原本的八種族拔掉三個，比較適合我們這群人，五個點分別是學長、西瑞、夏碎學長、伊多和我，核心陣點是流越，副陣點落在學長那邊，而大哥站在異靈的面前主控異靈動靜。雅多與雷多則是和西穆德一樣在陣外護衛，避免鬼族或其他異靈發現動靜撲進來。

我閉上眼睛，把自己轉爲黑色種族，很快可感受到周遭氣流更加混亂，隱藏在空氣裡的絲絲縷縷邪惡逐漸明顯起來，等到陣法開始啓動後，那股感覺更爲深刻。

按照先前黑王教的方式，我開始在腦袋裡架構出黑暗力量的位置圖譜，有魔龍與米納斯現場校正，雜亂的氣流裡浮現出幾條指向異靈的線，我順著線嘗試捕捉這個被大哥連環石封後顯得衰弱的異靈。

「小心點，雖然有幫你建立精神壁壘，不過被反向突破的可能很高。」魔龍的紅色小光點出現在那堆亂七八糟的線裡滾來滾去，接著被水藍色小光點撞開。

我下意識點點頭，用我自己的恐怖氣息去撥動那幾條線。

很快地，從那裡傳來令人不舒服的反饋。

……誰……該死……又是什麼……

「妖師一族。」我冷冷地回應對方。上次被打得面目全非的異靈雖然再度塑造出少女外表，然而從污濁意識透過來的聲音卻很蒼老陰冷，一聽就知道又是個不要臉的老裝嫩。

……你……背叛我們……你們……冥頑不靈……

你們應該要……和我們在同一陣線……

這是世界必然……

……你們……又……選擇了世界嗎……

「什麼鬼？我們當然會選擇世界。」這些傢伙眞的都很莫名其妙，到底爲什麼都會想要別人跟他們一起選擇怪選項。他們腦袋眞的還好嗎？還是根本沒腦袋？

這就是無腦拖人下水的思維嗎？

死我就要全天下陪葬的想法要不得啊嘖嘖嘖。

但是……你們……沒有選擇……

……我們啊……！

「弱雞！」

面前的黑暗線圖猛地崩裂，我咬牙直接一把扯住波動感最明顯的那條，把我這邊的妖師力量灌過去，彼端傳來怨恨的情緒及非常遙遠的某種嗡鳴，但確實有很明顯扯住對方精神的感覺。「異靈琵瑞莎，過來！」

黑暗中，一隻巨大的眼睛猝不及防在我正前睜開，紫黑色的眼白與血色濃稠的雙瞳孔，藏在腥氣裡的兩個爬蟲類豎瞳惡狠狠地與我對視。

「過來！」我忍住強烈的頭痛，硬是和那隻超詭異的眼睛互瞪……應該說是用腦袋的精神力瞪，接著輸出我現在可以使用的最高額度妖師力量，全力抓住那隻眼睛進行心咒。「妳無退路可走，僅能聽我召喚，此世界不容於妳，妳即將消亡。」

「琵瑞莎，以我妖師之言宣定，妳，沒有未來！」

「滾過來！」

腦內圖譜完全破碎的瞬間，隱隱好像有個銀白的東西擋了一下，隨後是某種無法形容的生物發出淒厲又猛烈的嘶吼，貫穿我的腦袋，凶狠的疼痛像無形的巨手突然掐住我的頭部，溫熱的鮮血直接從我的喉嚨和鼻子噴出來。

摀住口鼻，我睜開刺痛灼熱的眼睛，視線範圍全是漆黑、什麼都看不到，僅能嗅到手上滿滿的鮮血氣味與感覺到濃稠液體，耳朵充斥雜亂的嗡鳴混著尖利的金屬音，外界聲音完全聽不見。

雖然從髮尾到腳趾都劇痛無比。

但我還記得我的任務。

「給我、滾過來！」

全身爆炸疼痛和滿頭滿腦都是雜音的狀況不知持續了多久。可能幾秒鐘，也可能幾十分鐘或小時，總之世界漫長。

直到冰冰涼涼的觸感貼到我身邊，緩慢且堅定地一點一滴吸走那些強烈劇痛，得以喘息的極小空隙中，我邊抖邊收束自己的力量，剛剛痛到我本身的黑色力量往四周噴發，而且還是顫抖式地噴出去，幸好一直環繞在半步遠，沒有往其他人身上過去。

不然我可能會被學長揍成豬頭。

又過了一會兒，眼前的漆黑慢慢褪色淡去，隱約可以看見些許輪廓與點點淺白，接著才逐漸色彩鮮艷起來，重新恢復視覺，但還是抹了一層很淡的血色，像是掛了淡紅透明濾鏡一樣擋在眼前。

但這不妨礙我看清楚情勢和身上有點糟糕的狀態。

可想而知我八成整張臉都染血了，水色小飛碟和一票小飛碟在附近轉來轉去，不斷提供我治療輔助。

讓我比較驚悚的是其他人的狀態也不好，法陣裡的每個人或多或少身上都濺血，以學長最嚴重，流越看不出來，大哥背對著我，無從得知。

原先被石化固定的異靈超級變形，我遭到痛擊前看見的是假鬼假怪的少女模樣，現在整個拔高至少有三、四公尺，頭部到腹部向上炸開，各種腸肚臟器和污濁血液、體液什麼的，扭曲成上沖的長條形，就著這副模樣又被石化。

由此可知，異靈在我無法得知外界情況的這段時間裡最少會解除石化一次，所以才會變得這麼噁爛又被定形。

在這個大扭曲的異靈後方緩緩睜開一隻獨眼，與我在黑暗裡看見的相同，紫黑色的混濁眼白及血紅雙瞳，標準欠戳的模樣。

獨眼周圍石質緩緩出現裂紋，沙沙沙地不斷落下碎屑。

「你拉到和異靈連結的東西了。」流越話語傳來，大祭司似乎只單獨對我說話，其他人毫無反應。「不過異靈散出的部分倒是捕捉到很多，就第一次來說很厲害。」

……我也沒想到把妖師力量混合小飛碟貯存的能量豁出去會買一送一。

等等，所以這眼睛不是異靈嗎？也就是說其實我連結到的不是只有異靈，還有它正在連線的另一個傢伙？

這就比較尷尬了。

所以贈品是？

「額外抓到的是深淵魔神意識。」

……

……靠杯。

「幸好只是非常少的連繫，還在可處理的範圍內。」

流越抬起手，輕點一下權杖上的力量石，空氣隨之震出環環向外擴散的漣漪，一隻小黑蝶從漣漪中心飛出，在眼睛上盤旋飛舞了片刻，巨大的黑色術法張開。

我可以分辨出這是屬於黑王的力量，但沒有精神附著，大概是先前他們交流時給予的術法。

在黑色術法的強壓下，那隻詭異的眼睛遲緩地重新閉起，這個過程約莫持續了好幾分鐘，直到眼睛完全閉合才化爲虛影消失，殘留一股讓人實在很不舒服的黏稠邪氣散逸在周圍。

隨著眼睛消失，那圈黑色陣法也隨之碎化，細細碎碎地崩塌後像是下起一小圈黑雨般灑在石化異靈身上，這時候的異靈已經不再震動，暴動的力量感微弱到只剩薄薄一層。它可能也感覺到自己逃不過這一劫了，直接放棄掙扎，一道裂紋從它身上崩開，穿出陰森冰冷的聲音：

「你們來不及了……獵場……早就開始……吾主即將重返世界……哈哈哈哈哈哈哈——」

隨著最後瘋狂的笑聲響起，石雕從最頂端開始崩潰，最初分解的速度有點慢，但進行到三分之一時倍速分解，直到最後連同聲音一併潰爲粉塵，逐漸被大陣法淨化抹除，再也沒有什麼留存。

雖然其他人沒說，但我知道這個異靈是眞的被「銷毀」了，世界不再有它的存在，它殘留下來的那些沒被招回的零星力量很快會被世界軌跡輾磨，徹底排除。

「忍耐一下，接下來要切斷各位與陣法的連結。」流越的公頻道淡淡傳來，開始進行收尾。

可以看見外圍的雙胞胎相當緊張地死盯著伊多，西穆德也稍微有點不淡定。

我們算是運氣不錯，臨時在這裡順利弄死異靈，稍早大家布下的各種隔離術法一個都沒被衝破，也就是說這異靈幾乎無聲無息就被消滅了，可能要等整個陣術解開後它的其他邪惡同伴才會察覺。

然而我很快就發現其實這並不是運氣好。

層層疊疊的隔離陣法幾乎是大家掏出來的壓箱寶，就連夏碎學長身上幾道千冬歲給他的龍神護符都貼進去了，學長和大哥也放置了大量寶物、高級術法，使破敗神廟的保護殼堅硬到離譜的程度。

但最重要的並不是這些，而是當時我精神遭到重擊的那一刻——有東西幫我擋了一下。

那個並不是錯覺，沒擋的話我那瞬間可能直接掛了，因爲當下就是捕捉到魔神連線、並且把那東西拖過來的時候，重擊其實是魔神殘識對我發起的攻擊。

打個比方來說，假如我是個血量8888的LV20初階冒險者，魔神一擊差不多就是LV105的暴擊99999999，夯到穩死順便魂飛魄散這種等級差。

瞬間幫擋的人是學長，所以他爆血最嚴重，然後重擊經由神魔陣的引導分攤給其他人，依序是大哥、西瑞、流越、伊多、夏碎學長。

流越解釋這個順序是按照抗揍程度排列，學長本來是排在西瑞後面，但也幸好學長第一時間發現不對越過大家直接出手，否則我有很大可能會瞬間被秒打成智障，然後才開始分攤。

「你是不是看不起大爺的獸王族耐打程度啊！」西瑞一脫陣馬上對重傷的學長罵罵咧咧：「搶屁搶，大爺的僕人大爺保護！」

學長懶得甩他，硬撐著他的帥氣，摀著胸口筆直踏進治療陣法，靠在一邊的斷裂石柱閉眼休息。

不得不說西瑞大概忘記學長也是半個獸王族，然而比起來確實是西瑞這個厚皮的巨獸更加耐揍。

伊多和夏碎學長被排在比較後面，前面有幾個人硬扛下來分掉最大的傷害，所以受到的衝擊不嚴重，大致是比較輕的內傷而已，站一會兒治療陣就好了八、九成，於是兩人回完血就帶著雙胞胎和西穆德再度加固周圍，畢竟現在大家都須要休息，即使保護壁硬到不正常，依舊要確保百分之百的安全。

我藉著水色小飛碟的小水流洗了把臉，發現沒辦法像學長那樣重傷還要假掰地抬頭挺胸，於是乾脆蜷起來精神萎靡地靠著石柱癱坐，雖然有法陣和小飛碟治療，不過腦袋外加身體震盪完還是很痛，所以沒精力去搭理蹲在旁邊不斷碎碎唸的西瑞。

大哥下陣後就一直閉著眼睛和流越靠坐在另一根石柱邊，再過去是昏迷的獨角獸，無聲替大家治療的巨大陣法中心是提供力量的祭司權杖，正源源不絕地把溫暖的治癒術導進每個人的身體撫慰內外傷，短時間內雖然不能完全修復重傷害，但至少可以癒合到七、八成，方便行動。

等腦子緩和許多、身體重創感大幅度削減後我睜開眼睛，其他人休歇也差不多告一段落，這時距離我們絞殺異靈約莫已過兩小時，流越正在檢查好像還半死不活的色馬狀況，後者……

「啊啊啊流越小美人的懷抱～～～」

……

……後者根本清醒了但他在裝昏迷。

什麼卑鄙無恥骯髒齷齪的幻獸！

我站起來，把流越拉到一邊，然後狠狠地給垃圾獨角獸一腳，臭馬倏地彈跳起來，對我露出殺父仇人一樣的目光。

「破壞姻緣會遭雷劈！你這個臭妖師！」

「呵。」有本事來劈啊，第一個把你這個色胚踢出去。

馬嘴直接往我這邊咬過來，我秒巴開。

流越雖然不知道我們在吵什麼，不過還是從中間把快打起來的我們隔開了。

「先說說為什麼三位會在這裡吧？」

西瑞的部分之前已經說完，他和大哥是因為發現這裡不對勁才來。

大哥在星神廟附近察覺獨角獸的行蹤所以先過去把被追殺的幻獸救下，而西瑞就在外面把那堆鬼族驅逐到其他地方堵著互毆，只是兩人都沒想到會突然冒出異靈，大哥一邊應付追咬著不放的鬼族，無意間把石化掃到撲來的異靈身上，沒想到對方竟然出現部分石化反應，於是他直接把本源力量全都加諸在異靈身上，就這樣一直僵持到我們到案發現場。

殺手這邊的經過比較單純。

所有人把視線放到轉為人形的式青身上，這傢伙傷勢沒痊癒、整個破破爛爛，如果不看他那副好色神情，其實就是面有菜色的體虛模樣。

靠在流越旁邊，式青一臉他很虛弱要被照顧的賤表情開口：「有人在這一帶發現黑色獨角獸的蹤跡，我是跟著流言追查來的，哪知道一進鹿族地盤就被鬼族包圍啊～太傷心了，至少派漂亮的鬼族小美人過來啊，一個個傷眼睛到不行，好不容易蹦一個異靈小美女出來，殼子裡居然是老的，唉……」

「異靈應該沒幾個是年輕的吧。」雷多提出自己的好奇。

「嗯，都很老。」雅多點頭。

「啥？被寄宿轉化的也有年輕的啊。」西瑞抓抓腦袋，嘖了聲。

「眞正要說的話，寄宿體還是有個本體，先不論後來才被轉化的寄宿體，異靈被稱爲魔神使者的原因是它們原始本體皆由魔神派出、身懷魔神給予的力量，目前本界所知的魔神已全被拘禁或封印沉睡。」夏碎學長就事論事地說道：「因此以本世界所有魔神都被封印監視爲前提，這狀況下幾乎無法再指派新的異靈，於是就能推測出目前潛藏在世界裡的這批異靈本體多半都是爭戰年代……也就是起碼數千年前留下的，最年長的說不定可追溯到數萬年前，除非近代有新一批外界入侵、完全無人發現的魔神與異靈。」

啊，那眞的都很老。

欸不是，爲什麼要這麼認眞討論異靈可能的年紀啊喂！

「比我和式青還老。」流越竟然還跟上討論，並且補了全天下的異靈一刀。

話說回來，孤島被切割後時間流速不同，雖然外界過了四千多年，但島內的流越其實才長了八百多歲，實際年齡說不定比西穆德還少一點，在場眞正老的是那隻爲老不尊的垃圾馬啊！

不對，話題整個歪了。

「所以那位黑色獨角獸閣下……？」伊多總算把話題帶回正軌。

「唔，也是當年的倖存者之一，黑色獨角獸比較罕見，所以一度有奇怪的謠言說那傢伙其實是個墮落幻獸，還有白痴流言說吃了夜空色的獨角獸能增加壽命。」式青不以爲然地吐槽了兩句很荒唐的傳言，然後繼續道：「總之那傢伙就是個平常的獨角獸，有一天他不知道從哪裡找到一些殘缺的刻板和文錄，在當地研究了一陣子後傳訊息告訴我有永凍者下落，但在約定好的地方沒碰到人，周遭搜尋無果，再後來就是他傳了雲海島獨有的求救警示，我們前往當地卻空無一物，就這樣蒸發了。」

提到消失的夥伴，即使剛剛還在耍白痴的式青也沉下臉色，眼底透出極淡的悵然。「一直有人在捕捉罕見幻獸，我們搜尋永凍者這些年看過很多把永凍者當收藏品的混帳東西，很可能……就是被捉了吧，雲海島以前也發生過這種事，畢竟幻獸與強大的種族相比仍有劣勢。」

難怪會聽到有黑色獨角獸的蹤跡就跑來找。從孤島事件後可知雖然式青是個智障，但相當重視孤島與族人，這種重視幾千年過去了都沒有止歇，更別說還是一路走到雲海島的倖存者夥伴。

「黑色獨角獸名叫謁摩，有機會的話再介紹你們認識。」最後式青只能這樣結論。

爲了屠掉異靈，流越在製作大結界時已將星神廟遺跡徹底用術法搜索過一輪，可知這座廢棄舊神殿裡並沒有任何寶物或含有力量的遺留物，地上地下皆同，剩沒多少的牆面與石柱雕文大多已經模糊，殘餘的隻字片語看不出所以然，頂多有一些星神廟相關的缺殘神話與記錄。

整體來說確實毫無異狀，更沒有吸引異靈、黑術師和鬼族的存在。

「那就只能看看實物內是否有隱藏什麼訊息。」夏碎學長提出一個只要玩過遊戲都會知道的手法：把牆壁或建築物剝開，線索就刻在裡面。「又或者是像『盒子』那樣無力量感之物。」

西瑞歪頭看了看夏碎學長，再看看我，意外地並沒有追問盒子是什麼啞謎，只是看向我的表情有點磨牙，大概類似於「好玩的沒有本大爺的份」。

「……回去我請你吃好吃的。」我摸摸後頸，當對方沒有緊咬著追問時，就會有種詭異的寒毛直豎感，很像那種累積十次給你爆一發大的，為了避免大型劫難倒數計時，不得不用別的東西誘惑：「我上次回家看附近開了很好吃的鹹酥雞和夾心雞蛋糕店，請你吃到飽。」

「說定了喔，沒請的剁小指！」西瑞馬上收起哀怨的表情，進入社會化模式。

「對對對說定了。」我有點心痛地算了下自己的存款，不過想想之前他哥還給了一堆黃金，全部黃金都拿去買鹹酥雞總該可以讓他吃飽吧！

「那是什麼？」聽到吃的，流越也湊過來了。

「是一些小吃，下次來我家玩帶你去吃。」突然想到流越可能也會喜歡各種小攤販美食，以後搞不好可以多帶他去那邊的夜市。

「……」流越歪頭，立刻現學現賣：「約定了，沒有就剁小指。」

這就有點可怕了。

前面那個可能講講幹話而已，後面這個有百分之九十九的機率會執行啊靠！

「一定去！」我秒說定。

接著休息差不多的人自發開始搜索廢棄神廟，流越讓我們幾個繼續在陣法裡回狀態條，不過我還是把米納斯和魔龍放出去，米納斯可以用水滲透建築物，不用拆牆壁應該也可以發現某些事物。

看我的動作，伊多也將小水龍放出去和米納斯一起鑽牆壁，雖然先見之鏡主要不是幹這些事情的，不過都是可以驅水的虛體，多少可以應用。

而且，最後還真的是小水龍找到嫌疑物，果然預知系就是不同。

被他們搬來的是很多小小的碎石塊，有的本來就掉落在地面，有的則是從僅剩的牆壁或柱子上敲下來，甚至連外面那個大鹿頭的鹿角都被切了一塊。

這些碎石塊上或多或少都有些痕跡，乍看像是無意義的刮痕或是久遠前的破壞，小水龍頂著自己找來的石塊群像是玩耍般在地上堆堆湊湊了一會兒後，其他人才看出不對勁，接著是與先見之鏡有心靈連結的伊多幫忙找出並拼起更多石塊，等到初具規模，馬上就能看出是一個奇怪的圖樣。

之後在指引下，找出越來越多有小痕跡的石塊，3D拼圖也快速建起，最終形成一個三角錐的模樣。亂七八糟的石塊群雖然堆疊得不算平整、甚至還有缺塊，但能夠開始解讀密密麻麻的文字與圖案了……不得不說製作者眞的很拚，把一筆一畫散落在神廟各處，沒有個突然通靈的人開預知掛來滿屋子找，可能眞的不會找出來。

所以他到底是想不想被發現啊？

解謎遇到這種留言方式眞的會很靠杯，就像某些死亡現場掛掉的人沒事就愛用暗語一樣，沒正好來個路過然後智商一八〇還要博古通今的路人，大概百分之九十都會變成懸案。

「這個是？」看著3D拼圖，茫然的我滿懷疑問看向其他人，突然發現少了哈維恩之後就沒人快樂地第一時間搶講解。

「應該是份地圖與記錄。」學長和流越把碎片全都固定好之後開始複製然後用術法建模出虛影，放大映射在半空中讓大家方便觀看。「妖魔那邊的文字。」

「嗯。」流越點點頭。

說到妖魔，我轉向一直在旁邊盯著的魔龍和米納斯，「看得懂嗎？」

魔龍飄往前，單手抓抓下巴，微挑起眉細讀上面坑坑疤疤的圖文，過了一會兒才帶著不太爽的陰暗神情幽幽開口：「竟然想和本尊搶東西？」

扣掉講話撿到槍還常常不說清楚的魔龍，在場有機率整個解讀和說明的大概就是流越和學長，所以我們下意識看向站在前面的幾人。

「看來您並不是第一位將廢石再加工的使用者。」流越轉動幻影建模，接著把上頭的圖文分離了一份出來，攤平在旁側。

雖說這世界以魔法為主，但這樣建模拉出各種細細長長的光線和架構，視覺上還是有點科幻絢麗。

隨後魔龍有點阿雜地開口簡單解釋，扣掉地圖不提，這份記錄是一個失敗生命之石的運用，並不是一般想的把東西做廢。而且非常湊巧，最近魔龍才剛提出，就是交給墮神族去復甦他們族人的辦法——剝離出失敗假石的能量，經特殊方式處理後用來恢復跳脫規則的邪惡物事。畢竟假石的形成依舊吸收了許多生命，龐大的生命能量累積驚人，若不能應用在一般狀況，當然就會嘗試加幾道工法轉到扭曲裡。

有這份記錄在，就可確定製作這些生命之石的某些人會類似魔龍的手法，難怪他們明知道失敗機率大，還是大手筆地四處尋找隱蔽處製造生命之石，甚至蓋出地下神殿。

以這個可能性為前提，魔龍的口糧數量有很大機率要掰了，之前他分給墮神族就有點嘰嘰歪歪，現在知道某些存在也會吃……嗯。

「本尊要把他們碎屍萬段。」被搶零食的魔龍越想越氣。

「啊，等等，所以地下假神殿的異靈……」已知當時的北七製作者有打算用生命之石弄醒異靈，按照這個新訊息來看，其實異靈也可以用假石衝擊甦醒？

這樣就很靠杯了。

「不無這個可能，如果他們如希克斯那樣有辦法能夠轉化。」流越頓了頓，繼續說道：「可惜這點已經無法求證。」

隨著假神殿實驗室爆炸，他們裡面究竟有沒有可利用假石的人，已經不知道了。

不過我可以確定青幽族那裡沒有。

但如果那群幕後指使者知道有這種方式，怎麼可能不將其流傳下去？

除非……

我們看向三角錐。

有勇士像這樣把要廣傳的原件銷毀掉，以至於到目前為止假石的加工手法並沒有完整釋出，更可能當初能做的那個幕後人也因爲某種原因下地獄了，因此出現傳承斷層。

「您知道還有誰會這種轉化方法嗎？」流越看向魔龍。「除了殊那律恩閣下。」

「本尊不太清楚，本尊當年也是閒著琢磨，那時練手的是真正的生命之石，不過轉化裡面能量的方法差不多，上次看到就試了，正好可以。」魔龍對大祭司也算坦白。「搞這東西雖然不難，但至少要有本尊或是墮神族、小鬼王的能耐，以及不是白色傢伙，否則包準反噬。」

隨後通過魔龍的口述回憶才知道，他幾萬年前某次閒著去打劫與異靈有合作的大妖魔，把對方打得哭爹喊娘直接退化回雜碎魔物，沒想到被他刷出一顆生命之石，對方似乎是從某個前線醫療術師隊伍搶來，他那時候玩了幾天的生命之石，悄然搞出個可以轉化內藏能量的方式，等他玩膩覺得也不過爾爾之後就把生命之石丟去給千眾了。

「那就不排除可能也有與您同等級的存在也發現這個方式。」夏碎學長支著下頷，邊思考邊說：「幸好最後這個方法並沒有流通，公會中雖然有專人處理生命之石一事，但沒有假石被使用的相關情報。」

「精靈族這邊也沒有，看來確實能說幸運。」學長補充了句。生命之石一事後，他聯繫過冰牙族請精靈們幫忙尋找相關歷史，並沒有假石爲禍的記錄。

這只有兩種可能，一是真的沒有人應用或是門檻高沒應用成功；二是有人用了卻沒被發現，如魔龍。

我認眞地思考，幸好魔龍算是我方人士，他會的東西眞的很多很多，萬一妖靈界都學會這些，光想就覺得連髮尾都痛起來。

試問，大妖魔們人手一把假石，差點被打死或眞的剩把骨頭時可以快速補充能量，幾年後又是一條好漢……媽耶！

也太煩！

裂川王八蛋那群人搞了個生命環偷時間，這邊又一個妖魔鬼怪可用的假石。

白色世界什麼時候才要多搞幾個這種ＢＵＧ啊！

唉算了，他們連個正常的生命之石都要糾結奉獻才能完成，要違背法則和秩序去弄這些東西大概很難，就算有，可能也不屑搞吧。

我眞誠地用心祝福這些應用記錄眞的完全斷絕，實驗室的幕後混帳們個個自爆到他媽都認不出來。

一群人圍著３Ｄ建模各自若有所思。

「後面這是什麼？」一直不發一語的雅多指著角落小小的奇怪圖印，突然開口。

跟著看過去，那個印子與前面拼出的文字不像，反而像是另個種族的東西。

「等等，本大爺覺得眼熟……」西瑞突然貼到圖印前。

還不等西瑞看清楚，一隻手從後冒出，按住那顆看起來很尖銳的彩色腦袋把人往旁邊推開，不知什麼時候過來的大哥凝視了圖印片刻，開口吐出了讓我驚訝的名字。

「蕾妮．羅耶伊亞。」

第五話　鹿族線索

已知蕾妮·羅耶伊亞是以前調查過生命之石與白楊鎮、後來掛掉的殺手家族一員。她的名字出現在三角錐上，大致可以確定是她將這東西、至少有簽名這塊，藏在星神廟裡，或者是她在星神廟裡找到這些東西……好吧又是一個要開掛才能解讀的死後留言。

當初這位前輩調查白楊鎮後，與她的雇主、聯絡人死在星神廟，也就是我們現在發現一大堆鬼族的這地方。

不但有鬼族還有食魂死靈、異靈，由此可知這些東西八成就是在找這個三角錐，但他們沒想到會被用這種方式藏在廟裡，或許星神廟破落至此就是因爲以前也被拆過一次無果。

看來需要智商的死亡留言還是有效的，當時的鬼族絕對沒想到要帶一個預知型的幫手過來拼圖；就如同我們在汐水族，當時百塵那堆垃圾東西也沒想到汐水會用那種慘烈的方式藏起藥譜。

唉，想到汐水又覺得虧欠許多。

「欸，那傢伙該不會是從白楊鎮廢墟裡找到這玩意吧？」西瑞揮開大哥的手，沒計較這個動作，反而提出質疑。

白楊鎮的記錄我也讀過，聽說當時挖到可怕的東西……這個看起來並不可怕，不知道內容的話。而且也不能確定是不是出自白楊鎮，畢竟蕾妮的記錄裡並沒有提到她去過白楊鎮，也就是說眞正「可怕」的東西還在白楊鎮裡面，而蕾妮在調查時不知道發現什麼，最終在死前和她的雇主、聯絡人來到這座星神廟並死於此處。

我可以想到的原因大概有兩個，一是他們確實找到了三角錐，並且想辦法藏進星神廟，隨即遭到殺害，但這中間的工程就大了；二是他們循著線索到星神廟發現有三角錐，搞不好當時他們手上也有相關碎片，所以蕾妮才有辦法在碎片上簽名。

「不知。」大哥搖頭，他不能確認蕾妮是不是從白楊鎮找到這些，他的想法傾向可能是在調查過程中發現，也就是我的第二種設想。

「這邊去白楊鎮會很遠嗎……如果那裡還存在？或是被重新改造成新城鎮之類？」因爲這個是從羅耶伊亞家看來的調查報告，所以我還是詢問大哥。雖然報告裡提到的是全毀，但也可能像以前湖之鎮那樣已被重建。

「有座標，依然是廢土。」大哥如此回答，然後將座標交給流越。

流越把３Ｄ建模複製幾組分給大家，這個發現不是小事，甚至可能和之前青幽族事件有牽連，學長得代表交去公會，大哥等人也要送回各自的種族備查，連我都要拿一份給白陵然評估，當然上面過於激烈的記載或手法會被高層管理者限制不外流，避免有心人士複製出去。

說起來很有趣，現在如果是我有混在裡面的副本，得到的情報被其他人轉交給公會之後，我居然還可以收到一部分情報費，公會老樣子直接存進戶頭，於是我的存款在賠償與獎賞中各種上下浮動，猶如要死不死的心電圖，目前停留在令人欣慰的正數。

「看起來有點距離，不過附近可以捕捉到公會的傳送點。」運算了地標位置後，流越很快給出結論。

這時我看向站在一邊的式青，「你要繼續在這邊找黑色獨角獸嗎？」

「沒吧，感覺不到那傢伙的氣息。」式青嘆口氣，顯然有點遺憾。

如果他不要擠在夏碎學長和伊多身邊，我會相信他真的很遺憾。

雅多一個臉黑，直接把不要臉的幻獸從他哥身邊撞開。

「想要過去的話，再休整一下吧。」學長不太贊成一群人立刻跑去傳聞中蒸發的城鎮。

「那裡一片無主焦荒，連克利亞都不再出現，至少狀態要更好點。」

學長說的沒錯，其實我還有點暈暈的，不知道那個地方會不會也跳出異靈，總之大概不是什麼輕鬆的觀光景點。

我把魔龍和米納斯收回，乖乖等候。

雖然大家一致決定再待一會兒，理想卻跟不上變化，約莫五、六分鐘後，重重包覆著大陣法的星神廟內突然感覺到地面晃動。

流越等人設置時很確定短時間內不會被外面發現神魔陣與異靈掛掉的事，所以這個地動顯然不是針對我們這邊，經過陣法層層過濾還能讓隔離結界內有感，可見外頭事態有一定的嚴重度。

我們互看了一眼，立刻進入最高警戒狀態，接著流越收回法杖，讓包裹著星神廟的陣法透明化，很快地就看見地搖來自北邊，沒有我想的那麼近，非常遠，但就算位置遠得根本看不到發生什麼事，天空出現的一連串蘑菇雲便可以表示那個地方遭到了某種驚人的恐怖襲擊。

「鹿族。」大哥聲音一沉，身邊浮出戾氣。

「走！」

流越動作很快，所有人各自取出兵器之際，整個陣地術法一轉，直接變成大型移送陣。

再度出現時的場景是高空，大祭司並沒有把目的地設在案發的地面，而是較為側邊的高空，好幾朵蘑菇雲近在眼前，整片大地已經化為焦土，燃燒著黑色的熊熊烈火，毒霧環繞，無法看清地面狀況，只能在燃燒的巨響裡聽見各種淒厲哀號。

我可以感覺到火焰裡藏著很多鬼族，與之前在鹿步荒野那些很類似，這種鬼族不怕火，在火焰裡到處穿梭收割沒被炸死的倖存者，我甩出增幅小飛碟，皺眉捕捉最靠近的那批鬼族，瞬間將他們固定在原地。

還沒下命令給這些鬼族，流越突然抬手擋住其他人，好幾個銀色術法瞬間圈在我們周圍，層層疊疊包上來，霎時某種巨大的東西直衝我們而來，半秒後撞上大陣法，轟然一個聲響伴隨劇烈的震動，爆裂開的黑火焰瘋狂衝撞陣地術法，高溫熾烈到我們待在裡面都感覺得到。

學長快速畫出好幾個手勢，烈焰從陣法周圍往四面八方反向炸開，像是在與那些黑火瘋狂對抗，轟隆隆的爆破聲不斷傳來，與此同時，他原本銀白色長髮的部分像被點燃般轉成緋紅。

我意識到學長是真的徹底解決他種族失衡的問題了，就像我可以調動我的黑白血脈，他現在可以很好地調整他炎狼與精靈的血脈比重。

火焰在髮色轉變後跟著增強悍力，硬生生把黑火沖開很大一段距離，這時我們與陣地術法完全被包裹在火海裡，很可能也炸開了新一朵蘑菇雲。

「哼，原來是這種東西。」學長對流越點了下頭示意，然後雙手一拍，火焰裡衝出狼形烈焰，囂張地飛速衝了一圈並吞食周遭的黑色火焰，接著狼火扭曲收縮，變爲一顆乒乓球大小的金紅色球體轉回學長掌心。

去除火海後，隱隱可以看見煙塵與蒸氣裡出現黑色身影。

學長抓住那顆火球，直接朝那個方向投擲，球飛出去的速度超級快，幾乎瞬間就去到對方面前且整顆大爆炸，以牙還牙的火海爆裂開來，吞噬掉那邊的天空。

……

啊，該不會流越那些五顏六色的力量球也是這樣做的吧？

這種爆開方式很眼熟啊！

「走了。」大哥拍了下西瑞的肩膀，霸總式地踏出陣法，垂直下墜進入地面火海，很快便不見人影。

「臭老大！人頭是本大爺的！」西瑞也追下去了。

接著是伊多與雙胞胎，三人周邊環繞出水氣，毫無懸念地跳進火海，落地位置立即掀出狂風暴雨，滅掉部分黑火，清出焦黑的地面，快速形成一個簡易式的倖存者收容地。

流越朝那塊空地扔下另個陣地法術，立即蓋出第二個保護大陣，附近一些從火海裡脫身的獸王族一見有安全點，立刻拖著其他重傷的族人往陣法裡鑽，水妖精們也適時地打退後方想追上來的鬼族。

因爲有過前一次在鹿步荒野應對黑火海的經驗，所以下方清理障礙物的速度相當快，幾人默契極好地相互配合，沒一會兒就救出更多倖存者。

「西穆德，走吧。」我抓住出現在身邊的血靈，知道學長他們要對付高空的傢伙，讓血靈把我帶下去。

藏在蘑菇雲裡面力量超強的東西不只一隻，按照我的能力還是別扯後腿，先幫忙救援下方的倖存者比較實際。

但我一踏到土地上，才發現事態不對。

燃燒的邪惡之火裡，隱約可以感受到一種奇怪又蓬勃的能量，這種黑火正在啃食那些散逸的虛弱力量，腳踩的土地逐漸喪失生命力，扭曲衍生出鬼族毒素。

「很小的脈絡分支……本尊先去搶！」

魔龍所有小飛碟爆出來，瞬間竄入各處火海當中，秒消失蹤影。

是很想吃……喔靠！他剛剛說什麼！

我猛地轉向旁邊維持水術法運轉的伊多：「這裡有細微的脈絡分支要被爆光了快快快快快！」

伊多頓了下，但沒有因此太過倉促，而是繼續剛剛施術的動作把整套水術法散出去，接著張開右手，湛藍色的紋路快速環繞在他的手臂，一面繞著同樣清澈水流的透明平面體緩緩浮現出來。

三兄弟中，最常站出來戰鬥、破壞力超強的是雙胞胎，伊多的幻武兵器我只在很久之前見過，後來因爲傷病，休養修復了好一段時間，所以現在再度出現的透明幻武形體我好幾秒後才認出來。

水色陣法直接在水妖精腳下擴展，小水龍繞著陣法快速游了一圈，半隱在空氣中的幻武突然整面碎散，數不清的小碎片在陣法上映射發光。

「鏡返盾。」

伊多驅使自己的守護型幻武，神情從容不迫。「散。」

大量碎片隨命令天女散花般急速朝四面八方飛濺，帶著一絲水氣躍入火海。

我連忙抄起米納斯快速擊發好幾顆水彈出去，整個陣地結界裡馬上開始積水，很快地我們腳下已是轉著小漩渦的小水塘，水位還在不斷上升，不久彼此連結變成更大一片水泊，不過避開了那些倖存者沒把他們淹過去。伊多見狀微笑地對我一點頭，我回他一記拇指。

可能因爲心臟回歸，米納斯的力量超幅增強，一開槍我就注意到了，結界裡的水充滿了比先前還要濃郁純淨的水之力，這不是我能辦到的事，畢竟我現在正轉爲黑色血脈用力量控制外面那堆鬼族，所以可以知道全都是從米納斯那裡傳來。

我看向小水槍，水藍色的槍身隱隱泛著微光，似乎有更多的力量填滿其中，隨時可狂野爆發。

「與心臟連繫後，我也如希克斯那樣可以取用原身力量，雖然不多，但輔助水妖精應該足夠。」米納斯柔柔地對我說道，唯一留下來的水色小飛碟悠悠哉哉地飛出來，在水面上劃過，轉出好幾個水藍水藍的小陣法，開始治療那些比較靠近的倒楣獸王族。

升級了嗎？

雖然知道魔龍和米納斯他們不是眞正的幻武，可以自行提升，但這次升級明顯強太多，我甚至還在水槍邊看見一抹較大的虛幻槍形影子。

正猜測是不是我所想的那樣，左側方突然傳來細細的淒厲尖叫，看過去是一名半身被燒得焦黑的小女孩，她似乎好不容易逃到陣地結界附近，眼看就快進入安全點，但後方追上的雙頭蛇魔獸衝出來將她撞倒在地，眼看要把女孩撕扯成兩截。

我下意識左手握住還未完全成形的另把幻影槍，扣動扳機直接一發超壓縮水彈把那條雙頭蛇爆成一灘醬。

小女孩哭著爬進安全點，立刻有一名獸王族衝過來將她抱走。

我看著左手的幻影若有所思，銀藍色的物體很快消散在空氣中。

所以這是……分裂了？

意識到幻影還未完全定形，眼下也沒有給我慢慢摸索新兵器的時間，我暫時收掉幻影消失時逸散的水氣，重新把攻擊主力放回右手的小水槍。

與此同時，伊多那邊的盾碎片也各自到達點位，隨著水妖精點著周邊水花繪出相應陣法，我可以察覺到四周焦黑地面開始出現若隱若現的水氣，一點一點的，最初很小，但隨著結界內被抽出去的水流越多，那些點點越擴越大，最後變為一片片貼伏在地、滲入焦土，像小小的保護殼般漸漸裹住那些消散的生命力，並把啃食的黑火與邪氣往外彈。

發現能量散逸變慢，黑火裡衝出好幾頭巨大魔獸撞擊我們的陣地結界壁，比我整個人還大的頭顱貼在隔絕咒文上發出一陣滋滋的電流聲響，一堆血紅色眼睛骨碌碌地往我們轉來，把虛弱狼狽的鹿族們嚇得緊縮成一團。

這些倖存者看上去其實都是老弱婦孺，不太具備戰鬥力，有的手腳還被砍斷，身體多半都有一塊塊焦黑，反而沒看見戰士打扮的居民，很可能是在火海裡的某處對抗邪惡，但更有可能是已經遭到殲滅。

我微微皺眉，感覺背脊有冷汗滑過，拉扯著鬼族意識讓腦袋傳來陣陣暈眩，幸好魔龍從鬼族口裡搶來一些脈絡力量往我這邊回填，那種過度使用能力的不適感稍稍被壓制，所以打起精神後，分出一股精神連結捉住還在撞擊陣地結界的魔獸。「坐下！」

巨大魔物僵了僵，往後退開兩步，四肢抽搐地用很不協調的姿勢硬生生把屁股貼到焦土。

這時我發現了很詭異的事情，這些魔獸竟然有很淡的種族血脈力量，一開始我以為大概是吃了本地居民，然而很快發現並不是，牠們肚子裡雖然有一些鹿族的屍塊，但與牠們身上擁有的血脈力量並不同，這種力量附著在牠們的血肉裡面，彷彿原本就有。

什麼鬼？

等等，所以為什麼又出現這些玩意？

天空傳來轟然巨響。

我分心往上看了眼，又是一發小規模爆炸，整片天空已完全被各式各樣黑煙遮蔽，原本隱約可見的一點天空原色徹底消失不見，厚重到幾乎要下墜壓迫到地面的混濁黑火煙雲傳來陣陣黑術師的臭味，那端的對戰不時爆發轟然聲與火光雷動等彷彿影音的聲光效果，陣法術法對撞形成的殘力碎片星點般大範圍掉落。

如果不是因為在對毆，看起來真的有股很詭異的末日天崩美感。

認真地說，如果從那裡掉隕石下來我可能會很抓狂，因為這種氛圍好像就是會掉幾顆。

啊呸呸呸！不可以詛咒自己！

重新塡充好槍枝子彈，我陸續又往外開了幾發滅火彈，周遭火海被拔除很大一塊，露出各式各樣鬼族、魔獸被燒得紅黑紅黑的石雕，然而作祟者沒殺掉之前，火海還是持續往我們這邊燒過來。

學長那方也打得火爆，一時半刻趕不來這裡壓制火焰。

暴食小飛碟傳回喀嚓喀嚓的吃食聲……啊，好像是在吃那些怪怪的魔獸，原來那種也能吃，那怎麼不順便把鬼族吃一吃啊！

「垃圾食物。」魔龍傳來不屑的聲音：「腐敗得連靈魂都發黑爛臭，本尊死也不吃。」

你不是都死了嗎還計較這些。

「一點營養都沒有吃屁吃！」魔龍噴了我這句。

聳聳肩，我把流越之前給我們的力量球塞了一顆到槍裡，自動化為子彈的冰球在小飛碟的增幅下擊發，陣地結界內的空氣瞬間下降許多度，連呼吸都變成白霧，已被伊多鋪滿薄薄一層水盾的地面立時凝結，接著陣地外的黑色火海從根斬斷，有的還被急速附上冰霜，大半黑火海刹那轉成冰原，避開友方秒凍結剩下的鬼族，還有頭食魂死靈。

攻擊規模和鹿步荒野差不多。

藏在火海到處轉移位置的控火黑術師來不及跑，一隻腳被凍在原地，就在他不遠處的大哥完全不浪費時間，下秒就是新一座石雕產出，西穆德眼也不眨地砍飛黑術師的腦袋，於是另一半火海也開始減弱。

從火海中露出的鹿族婦孺及戰士見狀，連忙撤退進陣地結界。

「這裡怎麼會有脈絡的力量分支？」伊多看見有個打扮比較不同的長者被扶過來，邊爲對方治療邊詢問。

半獸形態的鹿族老者有一張灰色的鹿臉與向後蜿蜒生長的殘損鹿角，被鬼族攻擊後整個身體血淋淋的相當駭人。他被好幾個小鹿頭孩子圍著，很虛弱地嘆了一口氣：「是很久以前……老族長求來的……當時鹿神廟附近被污染……族長向守護者與脈絡求了一縷治癒之力，想救救鹿步荒野土地……」

「脈絡守護者是……？」我發出疑問。

「你認識的。」伊多解釋道：「琳婗西娜亞，鳳凰族首領，鳳凰族守護的世界脈絡是『生命樹』。」

原來還有植物形態的世界脈絡嗎？我之前遇到幾個都是湖啊河的，看來是我知道的太少，不過鳳凰族首領的兼差也太多，眞的不會爆肝嗎。

「他們想竊取這縷脈絡力量作為鑰匙，突破生命樹的防護結界。」流越的聲音傳來，隨即是戰鬥告一段落的天空逐漸恢復清澈，一隻術法構成的白鳥展翅劃開那些黑壓壓的雲煙，緩慢地清掃起毒素與污染，幾個人隨著上空陣法降往我們這一帶，最後兩個陣地結界彼此融合成一個更大的。

「鳳凰族那邊沒有大問題，畢竟也是鬼族襲擊重點，他們很早以前就已加固世界脈絡的保護。」恢復髮色的學長甩出幾團冰球，滾進殘餘火海的小圓形物體直接把有火的地方全吞吃了，外加將幾個還凍結的鬼族魔獸撞成冰屑。

式青走過去安撫那些驚慌失措的鹿族婦孺……主要是婦吧，然後輕聲詢問他們有沒有見過黑色獨角獸，可惜這裡的鹿族近期沒有見過他形容的幻獸。

散出去的小飛碟歸來，暴食那架上面有可疑的黏液，被水色小飛碟滋地一下噴了滿身水，整架濕淋淋地滴水滴黏液。

把石化的黑術師塞進和上一隻同樣的時空亂流，流越帶著學長幾人肢解食魂死靈。他們沒有提剛剛空中失敗那幾個傢伙的下場，但我覺得可能、大概也去了不死的樂園盡頭團聚吧，過陣子裂川王八蛋和百塵應該會去把他那些手下從無限王水處刑地弄回來。

我深沉地祝福他們被時間種族發現，然後原地爆炸。

看著眼前石化的鬼族、魔獸漸漸碎成粉屑灰飛飄揚，我猛地想起這些魔獸的問題，牠們有點類似之前在青幽族那邊看過的改造魔物，混有人形種族氣味的那種怪東西。

連忙揮手請大哥留一隻給我，解除石化後我馬上把這玩意固定在原地，然後拉著西瑞和西穆德過來一起確認，畢竟當時從青幽族逃跑時他們也在場。

長相扭曲的黑色魔物大小與駱駝差不多，身上果然有一股妖精的氣息，伊多與其他人走過來，皺眉打量改造魔物。

青幽族實驗室被公會攻破後，公會那邊應該收容了不少這類東西，所以學長等身爲袍級的幾人雖然面有厭惡，但沒有一絲驚訝。

「這附近有實驗室嗎？」我記得剛剛打鬥時這種魔物數量不少，火海裡也捕捉到一大堆，魔獸和鬼族的思考不一樣，算是很好辨認，加上有黑術師和異靈及神廟裡那些狀況，如果附近有生命之石的實驗室也說得通。

「可能有，我們在附近探查看看。」學長知道魔龍想要失敗的僞石，幾人商量了下，先暫時安置鹿族，同時在周遭進行較大範圍的探索。當然，還必須確認有沒有食魂死靈的餵養所，畢竟剛剛打掉的好幾隻看起來都像剛出爐、還沒發育，甚至有個黑術師餵養者在場。

聽來聽去我突然覺得這個鹿族有點衰小啊，爲什麼他們住家附近這麼多惡鄰居？果然買房買地還是要好好注意環境，第一首選禁止惡鄰居。

被這波黑術師襲擊後，鹿族大概死了一大半，戰士更是所剩不多，流越等人盡快幫他們治療並重新設結界保護脈絡力量，再把鹿族轉進公會，請他們的同族過來接應。

就在我們準備分頭行動，該探索的探索、該設陣的設陣之際，一名鹿族幼童突然邁著小小的蹄子朝伊多跑去——好眼力，居然挑上最沒有威脅性的外交人員。

「有什麼事嗎？」伊多蹲下身與小鹿人視線平齊，語氣和善溫柔地詢問。

其實之前夏碎學長不看切開內容的外表也是屬於親善型，但自從他頭髮變得超長後多了一種奇妙的神祕感，反而讓不認識的人第一時間不敢過於靠近。

白色小鹿人支支吾吾了一會兒，漲紅著臉比手畫腳，發出一堆奇奇怪怪的聲音，看起來並不會通用語。

式青環著手站在一邊傾身聽了一會兒，才幫小鹿人翻譯：「他說他們沒有看見黑色獨角獸，但是稍早被鬼族攻擊之前，曾經有一個穿戴黑色衣飾的男人來警示過，要他們趕緊避難，只是族人們才剛撤出就被襲擊……等等，那個人是不是長這樣……」青年說著轉換了語言，和小鹿人又比來比去一番。

旁邊有些鹿人聽到他們在談這件事，好幾個湊過來幫忙補充詳細。

這些人你一言、我一語地拼湊完，才確認了那個過來示警的男人眞的很有可能是式青他們要找的黑色獨角獸。通常幻獸不會大剌剌地在人前展露人形，除非信任對方，或是已做好完全不被看透的僞裝；否則一般不會讓外人把幻獸的人形與獸形做連結，通常是誤導他們以爲遇到的是獸王族或其他種族。

鹿族自然也把那名男人當成路過的獸王族旅行者。

男人留下警示後又給他們一些術法水晶便匆匆離開了，前後待不到五分鐘，好像被什麼追趕一樣。沒多久鹿族遭襲，幸好那些水晶幫忙擋了一輪，否則在黑術師與食魂死靈壓境下，大概不會殘存這麼多族人。

這樣一來，暫時可以預設黑色獨角獸還在世上，只是基於某種問題無法與同族或雲海島的人接觸、甚至亮出身分。

我看見式青神色稍微放鬆了些。

問了黑衣青年離開的方向，式青向我們打了個招呼後就往那處尋找過去了。

希望眞的能找到黑色獨角獸。

※

後來果然在距離鹿族約百里遠的山脈裡探查到那種特殊材質的隱蔽礦。

一挖下去，掏出一座廢棄實驗室，裡面什麼都沒有了，看來製作僞生命之石的傢伙很早以前就撤走，什麼鬼都沒有留下，連可能有刻紋的牆壁也徹底刮花；不過雖然實驗室廢棄了，空間卻被拿來餵養食魂死靈。

學長他們打爆餵養區入口時差點被食魂死靈迎面一撲，暴力搥回去後外加一連串分屍封印。

到此已經是需要公會過來接手的任務了，更別說鹿步荒野那邊還搞死一隻異靈要善後。說到搞死異靈，我想到某些不太妙的回憶。「我們把異靈弄死，會不會像上次搞龍神和邪神那樣被做記號？」感覺這三種東西是差不多的存在，讓人很不安心。

「有的，死亡時爆發了一次黑暗能量溢潰，形成死亡詛咒與標記，大部分在羅耶伊亞族長身上，畢竟他直面異靈進行牽制，恨意幾乎針對他。」流越說著，轉向後面跟著大家走、但仍一直閉著眼睛的大哥。

西瑞小聲地跟我說因爲壓制異靈花了很長的時間和精力，臭老大的本源力量還沒完全消散，盯著人久了有可能會隨機把友方石化掉。

然後他還很賤地試圖想去絆倒大哥，結果反被霸總踩了一腳，絲毫不將這種智障的中二舉動放在眼裡。

「這樣不會很危險嗎？」我有點擔心大哥之後被一大堆異靈盯上。

「不會。」大哥冷冷地開口：「別擔心。」

「死誰都不會死臭老大啦，他突變種。」西瑞雙手放在腦後，散漫地補充。「好歹也是個變態凶獸，詛咒代謝掉就好了。」

突變和變態又是什麼鬼？

說起來大哥繼承了美杜莎的能力，但還眞不知道他原形是爸爸那樣還是媽媽，不管哪一個，應該都很可怕，看他根本不用原形堵人就曉得他沒完整發揮實力……但也不排除他就是喜歡用人形痛毆對手。

公會沒多久就派人趕來交接，我們確認鹿族眞的安全便暫時先撤離，因爲接二連三的惡戰確實有點吃不消，最後又被全部打包回醫療班治療淨化，連大哥都沒逃過藍色袍級的爪子。

伊多等人除了被逮去治療，他們還有排隊幻武鍛靈，所以會留在醫療班一段時間。

我另外有事要處理，於是在醫療班做好一整套治療後，邊吸著精靈飲料，於一堆白眼下抖著手向醫療班請假回學校一趟。

正大光明的理由：卷之獸的蛋要生了。

沒開玩笑，真的要生了。

我趕到圖書館時，那顆蛋開始出現第一道裂縫。

不知道為什麼跟來的學長和夏碎學長外加西瑞、流越環成了一圈看戲。

突然為哈維恩感到心酸，蛋是因為他的關係才被送到圖書館安養，否則這顆蛋基本被我忘得一乾二淨，後續狀況也都是他和里里在留意，結果破殼這天他這個盡心盡力可以當乾爹的人不在，想想就覺得有點心虛。

所以我帶著感傷拿出手機在旁邊架好，老老實實地把破蛋過程錄下來，以便夜妖精回來之後可以發他一份緬懷。

里里早早把蛋移到溫暖的樹巢中，裡面還墊了很多珍本藏卷，把整顆蛋包得滿滿……等等這些卷軸古書看起來好貴啊，這麼奢侈地拿來準備破殼真的可以嗎。

「沒想到你竟然到現在還沒孵出來。」學長用一種看北七的目光看我，他當年大概沒想到這顆蛋會被我搞了近三年都沒出生。

「……一切都是天意您信嗎。」我悄悄往旁邊移動兩步，怕被踹。

「幸好只是因爲元素能量不足，在正常情形下，若是這麼久都無法出生，就必須小心成爲墮獸的可能。」流越蹲在一旁的分枝看有點在抖的蛋，抬手捻來一絲書籍氣息置入蛋內。「墮獸生長完全會形成魔獸。」

像我這種不正常的情形好像也不能說什麼幸好。

「你怎麼不吃掉啊。」西瑞戳了戳蛋。

「別人託孤的，吃了會夭壽吧。」我把那隻爪子抓回來，很怕這傢伙把蛋戳破。

蛋突然噗嘰一聲，從那條縫流出一堆烏漆墨黑的液體，還有股極淡的墨香味擴散傳出，我連忙屏息注視抖著抖著歪到側面的蛋，接著第二條縫裂開，橫劈在前一條上面，正好順勢掉了一小片蛋殼。

一些棲息在圖書館的小幻獸不知何時靠了過來，以各種方式掛在樹巢附近的樹枝或樹幹，大大小小的眼睛盯著正在努力弄開蛋殼的幼獸。

我頭上被某個東西壓了下，捉下來是隻毛茸茸的長尾兔子，腦袋還有根獨角，兔子踹了我一下，蹦到里里懷裡。

疑似墨水的東西又漏出了些許。

雖然我在科博館看過蛋生雞，但我還眞的不知道一隻正常的卷之獸從蛋裡出來要多久，還有會不會出現卡蛋的問題。

認眞思索這些事的同時，那顆蛋又轉了圈，這次是那個掉蛋殼的洞朝下，一大灘墨液直接倒出來，接著是條黑黑的東西跟著流出。

……

……？

烏龍麵粗的黑色條狀物體抖動了兩下，甩甩不到二十公分的身體，一端抬起來朝向學長的位置。

這個應該不會是蛋裡面的寄生蟲吧？

「啾啾……涼……」條狀物體吐出一點點墨水之後，往學長那邊扭曲移動幾公分。

夏碎學長看了看學長，露出彷彿想要說什麼幹話的柔和神情。

「閉嘴。」學長把夏碎學長推開，一臉就是很嫌棄對方接下來想講的話。

好吧，看起來這個麵條就是卷之獸了。

我把蛋殼翻過去倒完剩下的黑水，裡面只剩一層黑色的膜和一小團彈珠大的小石頭，總不可能這顆黑珠子是卷之獸吧！

「啾啾……唧唧……」麵條扭了扭，往里里方向游動，發出軟綿綿、有點像玩具的聲音：

「解接……」

「哇啊，你記得我呀！」里里捧著臉，金色的眼睛閃爍得快變成愛心狀了。

很仔細地看才看出來麵條前端有個凸凸的臉，眼睛大概就針孔再大一點點，閃著流金的色澤，這樣爬了幾步、流掉很多墨水後，出現了超細小的鱗片。

然後麵條轉過來對向我，不知道是不是我的錯覺，這條黑麵露出一種「嘖」的不屑表情。

「丕……」麵條把頭轉開。

現在把牠塞回蛋裡面可以嗎？

「啾啾……涼……啾……ㄇ……ㄇ……」

已經不知道牠在啾什麼了，是很冷嗎？

「啾……唧唧……ㄇ……涼……」麵條突然轉來轉去，好像在找什麼，周圍的小幻獸們面面相覷，往後退開讓後面的幻獸可以露臉，麵條還是亂七八糟叫個不停。

「不在喔。」流越突然出聲。

「什麼不在？」我有點莫名。

「ㄇ…ㄇ……涼……」麵條張大很小的嘴巴，努力地無師自通矯正發音，「ㄟ……ㄏ……

ㄇㄇ……」

因爲牠的「ㄇ」發音太多次了，我猛地聯想到一個很不妙的詞。

麵條又轉向學長，身體已經呈現S狀了，顯然對面無表情的學長本能感到緊張，但牠還是很堅持努力地將嘴裡的字吐出來：「ㄇㄇ……涼……娘……娘～～～」

「噗！」夏碎學長終於沒忍住笑出來。

學長臉色超級黑，莫名其妙被麵條認母。

嗯，看來這顆蛋還有印象牠是怎麼流落到此。

「解接……啾啾……」麵條又轉向里里，這次很清晰地發音：「姊姊～」

「我也愛你呦。」里里對麵條比了個心。

接著麵條再度轉向我，發音無比準確：「呸。」

「……」

還是塞回去蛋殼裡好了。

麵條再重複了一次剛剛的張望動作，聲音有點委屈：「……啾啾……媽媽……黑色……媽媽……」

我突然搞懂這條東西是在找誰了。

之前還在思考要不要把幻獸交給里里，看來這東西已經自己找好歸處了啊。

於是我拿下還在拍攝的手機，面無表情地向不在訊號接收範圍的哈維恩發了條簡訊。

——恭喜當媽，是個兒子。

第六話　白楊鎮廢土

送遠方的哈維恩一段突如其來的母子親情後，我們開始思考要怎麼安置麵條。

「先取名字吧。」里里捧著漆黑的麵條，邊把蛋殼餵給牠。

裡面那顆結石據說是幻獸在發育時由多餘營養凝結而成，好像可以拿來當成一味藥材，但我們這邊沒有人特別需要這東西，現今可取代的藥物也很多，於是里里順手把結石塞給麵條自己去消化了。

一群人看向我。

「問牠娘啊。」我看向學長。

「……」學長一腳過來。

還好我們已經從樹巢下來，我在說話的同時秒跑得很遠，沒有被踹到。

夏碎學長掩著唇疑似偷笑，在被他搭檔掐脖子前，這位心肝披著黑衣的傢伙輕咳了聲，神色非常正經地說道：「既然都已經認母……」

「你還是閉嘴吧。」學長瞪了眼某幸災樂禍的紫袍，後者攤攤手，一臉無辜貌。

可能為了要公平，麵條很快對著夏碎學長和流越發出新的聲音：「啾啾～姊姊～」接著轉向西瑞，音調陡然一變，配合死魚眼，「嬸嬸。」

西瑞挑眉，但沒朝幼蟲……幼獸下手。

該不會牠只會女性稱呼吧？

「輩分來說至少應該叫爺爺。」流越捏出一團發亮的黑光往麵條的小嘴巴塞進去。

「哥哥～啾啾～」麵條三兩下吞掉黑光，小眼睛閃閃發亮地盯著流越，纖細的身軀還搖擺了兩下，顯露諂媚。

「這個也是哥哥吧。」我指著學長，「或爹？」

「娘～啾啾～」這個稱呼麵條居然不肯放棄，還很親暱地對著學長唧唧唧了好幾聲，有點討好撒嬌的意味，並且用那雙小到快看不見的眼睛深情款款地凝視學長。

大概是剛出生的幼獸不能揍，學長只能用無言面對一切，然後把氣出在我身上，「滾過來取名字！」

所以說為什麼又把鍋丟到我身上？

這條麵甚至到現在連個嬸字也沒叫過我！

「呸。」麵條把頭轉開。

「叫烏龍麵吧。」我冷臉送牠眞正的麵條名，多貼切啊，又烏又龍又麵，簡直量身訂做。

麵條瞬間齜牙咧嘴，全身細小鱗片被氣到快豎起來，可惜因爲太小隻，看起來就是變成毛毛的麵條。

「這個會變成和靈魂有牽絆的眞名。」里里一臉複雜地看著我，因爲照顧蛋有一段時間了，她對這種惡搞名於心不忍。

「不然先作爲小名，等哈維恩回來再取實名？」雖然一臉就是跟來看熱鬧順便補人兩刀的樣子，但夏碎學長終究還是提出比較人性的意見，否則麵條在出生的第一天就要被氣到衝上來和我拚命了。

學長一言難盡地看著他家搭檔，那個反應大概是想說這種小名眞的好嗎，鬼才想要這種小名，不過他看來也不是很想幫叫自己娘的幻獸取小名，糾結了幾秒後，繼續保持沉默。

就在大人們的放任下，麵條的小名暫定是烏龍麵了，即使牠看上去一點都不想要。

目前烏龍麵還抱持著強烈的冀望盼牠媽回來相見時可以給牠改名，然而等哈維恩回來後覺得我才是原主人，我給名就要記爲實名，搞得烏龍麵淚灑十里差點撞書自盡，看不過去的里里帶著小孩……小龍幫忙跪求，好不容易改名等等之類的慘案，也都是後話了。

總之，現在還沒經過社會大學毒打的烏龍麵抱持著相信希望會發光的心態，對我發出：

「呸！」

我無視牠，與大家商量要怎麼安置烏龍麵。

最終決定仍舊寄放在里里這裡，畢竟還是幼獸，需要大量書籍氣息與閱讀時營造出的氛圍環境，整個學院找不到比這裡更多藏書之處了，加上我們最近在外面跑的地方都不是可以帶小孩去的遊樂場，繼續擺在圖書館等哈維恩回來相認比較安全。

付了一大筆寄宿費後，我們便離開圖書館，打算在醫療班調整好狀態與補給，再與大哥會合。

大哥那邊解謎完當地人手是怎麼蒸發的，打算走一趟白楊鎮舊地廢土，當年留下記錄的人用了那種方式藏三角錐，回來後也證明附在裡面的地圖正是白楊鎮的舊地圖，而且還冒出異靈與黑術師的各種不軌，無論從哪個角度看，都會認爲當年的白楊鎮嫌疑大到爆炸，這點倒是與我們的猜測不謀而合。

就算大哥沒打算去，我也會想問問學長或流越能不能帶我去看一眼。

頻頻出現的地名實在讓人非常在意。

而且那種有人推動事態的感覺更加強烈了，我隱隱約約有順著這些線索走下去，很可能快要見到幕後那人的預感。

正在思索這種感覺可不可靠時，旁邊突然有個傢伙搭上我的肩膀，懶洋洋地開口：「這次不能再放本大爺鳥喔。」

「……？沒放吧，明明是你和大哥先跑去鹿族。」我有點莫名，感覺西瑞這次好像挺在意沒跟上汐水一事，一直想把偷跑罪名栽贓給我。

西瑞聳聳肩，沒說什麼，讓我更感到莫名了。

「接下來白楊鎮嗎？」

走在學校的花園長廊，流越先提起相關話題：「有座標隨時可走。」

「呃，如果您有其他事情其實不用一直照顧我們。」雖然有流越在眞的讓人很安心，但我也知道他有很多事，例如雲海島、例如黑色獨角獸，還有跟著消息跑掉的式青，以及接下來進入孤島前的準備。

流越揹著手悠悠哉哉地沐浴在學院的月光下，略微回首說道：「我有我的目的，並非毫無計畫跟著你們遊蕩，終點必定皆有所獲，你不用擔心。」

目的？

疑惑地盯著略前幾步的黑色身影，我有點詫異，這還是流越第一次承認跟著我們是有所圖，但他是圖什麼？亂七八糟的副本嗎？

「褚。」學長突然叫了我一聲。

我下意識回過頭，看見後方的學長與夏碎學長並行，月光灑在他們身上，瑩瑩點點的微光像是替他們抹上一層光罩，不論哪一位，都有種不存在於此的感覺。

「你只要，繼續往前走就可以了。」學長很淡很淡地對我說了這麼一句：「相信自己，我們就會相信你。」

「反之亦同。」夏碎學長溫柔笑著補上這麼幾個字。

「……好。」雖然不是很懂他們的意思，但內心深處卻有種怪異的感覺，讓我幾乎出自直覺地點頭。

「那麼準備好，就可以出發了。」

流越抬起手，放飛手上的小黑蝶。

※

第二日從醫療班出發時，我們幾乎是在大量白眼下出發的。

最近各地頻傳戰火，所以像我們這樣隔天就跑掉的袍級不在少數，更別說這次還有個很正當的理由——探查三角錐所屬區域。

三角錐相關物事昨天給了公會一份，第一時間就解析出地圖指向白楊鎮，另外是今日一早傳過來的新訊息——當時蕾妮應該只接觸到一部分石塊，因不明原因與雇主等人找到星神廟，才將那些石塊也藏入。公會去了現場、連夜初步分析石塊後，發現藏入的石塊時間點不同，證明了我的第二個想法。

現在鹿步荒野、鹿族與星神廟那邊已有公會與種族聯盟處理，學長在黑袍總部領了一件調查任務，很簡單就拿到可以離開醫療班的證明，於是出現了眼下情況：醫療班們一臉想把我們一行人打斷腿，然而我們大多不屬公會管理，屬於公會的又有正當理由，他們只能眼睜睜地放我們離開，轉頭去寫抗議報告靠杯公會的放行。

這次水妖精三兄弟就沒跟上了，鍛靈者剛出爐的新徒弟萊恩幫大家偷偷搞後門，把認識的人的幻武兵器鍛靈順序往前調，正好這次回來輪到他們三人，寄生型態的幻武不像我們其他人可以把石頭丟了就跑，水妖精們必須留在木栗那邊一起接受鍛靈調整。

於是那些白眼裡還附帶三兄弟有點怨念的眼神。

在醫療班休息一晚後，過來集合的大哥精神顯然好很多，連衣服都重新換了整套，看起來霸總氣勢全開、帥氣度飆高，一雙銳利又淡漠的眼睛恢復正常視物，如果忽略他後頭有個醫療班不停碎碎唸「深夜是用來睡覺不是用來辦公」的話。

「一路小心。」伊多把整理好的儲備物資放到我手上，裡面大多是儲存好力量的符紙和水晶，他很慎重地用了幾層隔離術法裝好，另外就是一批藥物食物。「水鏡預示的未來晦暗不明，覆蓋於水鏡的濃霧沉重深厚，外來力量的遮蔽遠超乎我能探知，但我隱隱窺探到你似乎有一趟怪異的遠行，無論去到何處，請務必要以自身安全為重。」

遠行？

我最近不就一直到處遠行嗎，都遠到跨界去了。

不過他提到外來的遮蔽力量倒是讓我有點想法。

「唔……」我思考著藏在背後的推手，猶豫了半秒低聲把懷疑告訴伊多。其實不確定水鏡有沒有辦法探得這種存在，不過至少也許可以知道究竟有沒有人在後面偷偷給予線索或推進？

伊多聽完微微蹙眉，他雖然知道我們最近遭遇一連串奇奇怪怪的副本，但參與的不多，異樣感倒是沒有我那麼深，不過水妖精點點頭，認眞地回應：「我明白了，我會以水鏡朝這個方向推演試試。」

「非常感謝你。」雖然想給他們實質禮物作爲謝禮，不過早先送過被退回後，又被水妖精們多送了不一樣的東西，到頭來還是只能一句感謝。

伊多微微一笑，拍拍我的肩膀，「去吧。」

在醫療班揮別眾人，我追著學長他們踏進傳送陣法。

鹿步荒野的事公會已經介入，所以比我們更快一步，昨晚就有數支探查隊進入各處，方便到我們這些後來者，原本是打算使用大哥給的座標前往，現在只要借用公會設置的傳送點，便可以直接進入舊鎮裡搭好的陣地結界。

雖然白楊鎮的事過去千年，原址也早被夷爲平地、變成荒土，但當時規劃出的城鎮範圍不小，仔細查找仍然可以發現隱藏在土地裡零零碎碎的殘骸。

我們到達時，剛好趕上周邊一帶各種入侵者、包含鬼族在內的驅逐告一段落，半焦黑的土地上處處冒著黑紫色的煙，放眼望去可見大大小小陣法運轉，還有斷肢殘骸被疊得像座小山丘，轉移陣法結束前，熱氣尚未被吹開，溫度比醫療班高好幾度，瞬間的落差冷不防給人不太美好的悶熱炙燒感，更別說還有黏膩帶著腥味血氣的空氣。

探查任務的隊長是名紫袍，大多數成員由紅袍與白袍構成，早先在公會那邊收到鹿步荒野出現會火系術法的鬼族與黑術師，所以他們預先準備好相應的術法與術師，隊伍裡也有兩名合作的種族高階術師，一落地遭到火海攻擊時很順利地應付過去。

不知道是運氣好或者對方發現被公會盯上、所以早早撤離，並沒有在這邊直接碰上黑術師和食魂死靈，更別說異靈，被抹殺的全是中高階鬼族，雖然費了點勁，但袍級們沒有任何損傷。

流越走過去與那些術師們討論了一會兒後，協助架構幾個大陣法，加速淨化各種環境造成的威脅。

「你們可以自由探查，如果是要找記錄裡提到的那個『恐怖事物』，已經安排人手挖掘了，只是不要抱太大希望。」帶隊的紫袍雖然等級較低，但身形高大，氣勢並不比黑袍的學長弱，據說是專職探索的小隊長，搭檔是位眞正實力等同黑袍的情報班紅袍，兩人對這類搜尋任務很有一套，常被公會派往重大任務的探查。「另外我們發現這裡的土壤變化局部不同，大概有十多處有問題，下面很可能藏有你們想找的『異狀』，剛要動手挖就被那堆神經病鬼族放火攻擊，幸好座標已經製好。」

這位紫袍隊長還順勢逮到兩隻高階鬼族，他們與之前我們在火海裡砍的那種焦黑鬼族一模一樣，不畏火也沒被燒焦，在火海裡奔跑甚至會激發新的毒火，被抓捕後即使用特殊術法綑在牢籠裡，依然渾身散出絲絲火苗與毒素，非常凶悍。

「給我們一隻。」學長向紫袍隊長要來其中一隻鬼族後丟到我面前。

知道學長的意思，我直接釋出黑色力量侵入鬼族的精神，高階鬼族的腦袋和低階的不同，他們的思考模式具有智慧，所以很快從中聽見了低吼聲及抵抗。

「來，說說你們的打算吧。」我把玩手上的增幅小飛碟，讓自己更容易控制對方的精神，打散他的抵抗，現場就這麼一隻，所以妖師力量很快就令鬼族屈服，顫顫地睜著一雙突出來的土黃色眼睛看向我。

「……喚醒、喚醒……那位……把通道建立……繼續完成……」鬼族開口，斷斷續續吐出文字，「通道……祭壇……最終獵場……擋路者都必須死……」

「喚醒誰？那位是誰？」彎下身，我與鬼族對視。

似乎是我這個問題觸動到鬼族罕有的某種恐懼，鬼族蜷縮起來，連充滿毒瘤的臉都往胸口藏，極力抗拒回答，因為用力過猛，僵硬的皮膚還開始崩裂，火絲和毒素散發得更快。

「那換個問題，你們這類型的鬼族是從哪裡冒出來的？主人是誰？」以前這種避火和燒火的鬼族幾乎沒看過，仔細想想確實是這陣子突然大量出現，合理猜想大概又是那些王八蛋不知道從哪裡搞出來的異變品。

這個問題鬼族倒是回答了：「……比申惡鬼王……」

嘛，意外但也不意外的答案，比申和裂川王八蛋、邪神、異靈都組成同盟了，凶手就在其中很正常，雖然我現在都是預設王八蛋就是。

接下來鬼族就不再回答問題了，精神連結也捕捉不到藏在深處的答案，流越過來看了看，表示比較核心的真相都被設置了禁制術法，如果鬼族真的說出口或繼續加大力道強硬解析精神和腦袋，大概會直接在我們面前變成肉醬。

沒有問話價值，紫袍隊長就把怪回收了，因爲紅藍袍們對這種變異鬼族很有興趣，等著要解剖，正好一邊一隻。

「原來都有在做解剖的嗎？」我還以爲這是九瀾的私人愛好。

「通常只要捕捉到都會往兩邊送，情報班與醫療班皆有專門解析部門，我們至今已知的成千上萬種鬼族特性幾乎都是這兩處調查的貢獻。」紫袍隊長如此回答我：「當然，九瀾先生那是個人愛好。」

歸還鬼族後，我們先轉往那個埋藏無法言說的「恐怖事物」的地方。

羅耶伊亞家族當時的報告中有提到在城鎮東南方挖到恐怖東西，後來死了很多妖精族，求援後沒多久整座城鎮便遭到屠殺，接著想進一步調查時城鎮又被燒光，什麼證據也沒有留存。

不過如果用生命之石事件來套，可推測這座城鎮應該是先遭受到某種奪取生命的術法影響，時間應該不短，畢竟當時得以留存的屍體全有老化狀況，大膽點預設整個城鎮都有類似問題，那就表示實驗室運行的時間很長，而且是分次的，才沒有立即被發現，直到城鎮要擴張、發現「恐怖事物」時，基於某種理由，幕後主使者一口氣吸取剩下的生命然後屠鎮。

我想了想，覺得我可能會先假設他們挖到的東西是「異靈」，就類似上次的假神殿，上面是生命之石製造廠，然後附近有個被封印的古代異靈，他們同樣妄想把成功製造的生命之石拿來喚醒異靈。

這麼一來就合理了，或許那個異靈的封印並沒有那麼好運遇到三王子和米納斯的心臟，所以老早就被破開，進而導致這場悲劇。

「嗄，這樣不就和上次地下那個撞梗了嗎？」西瑞聽完猜測後直接吐槽我。

「但也很有可能，畢竟僞造者的源頭就是那些人，或者說異靈。」夏碎學長並沒有特別下結論，單純分享他的想法：「雖然那個年代早有應對異靈之法，不過對於這些沒有強大種族作爲依靠的混合種族城鎮，異靈依舊是比鬼族更爲恐怖的毀滅前兆，而且當時行走大地的異靈已經相當罕見，破壞世界的主要邪惡轉爲鬼族。」

「挖到就知道了。」學長丟來這句。

其實是不會挖到什麼本體之類的，畢竟都過了千年，當時的種族們一定做過適當處置，異靈什麼的搞不好都消滅或逃跑了，所以現在挖的是當年殘留的東西或氣息，可以從遺留物分辨到底是哪種恐怖東西。

談話間，恐怖事物的座標點出現在遠遠的大前方。

公會的挖掘小隊在那裡插了一根紅色情報班的旗幟，很容易找到。

靠近時就看見地面被挖開了非常大的空間，足夠蓋幾座操場的那種大小，深度極深，不得不讚歎他們竟然可以在短時間裡造就新風景，先別說打了一晚鬼族，從昨天獲得鹿步荒野情報到現在也沒多少時間吧，這些走來走去的情報班們還很有心地開闢方便走動的各種階梯，看上去很有種考古的感覺。

……

……？

等等，所以當時挖到的恐怖東西範圍有這麼大嗎？

「這裡，找到了！」

情報班紅袍圍了一圈。

說真的很少看見這麼多情報班同時出現在一處的畫面，但這些情報班幾乎都戴著面具，不然就是臉上有某種法術、看上去空白一片，所以完全無法辨認有沒有認識的人。

跟著學長他們跳入地下大坑時我才發現其實情報班並沒有亂挖，每隔一段距離都有一個淺淺的編號與相應座標及某種指標，明顯是按照資料挖開這處空間，這也表明了當時的恐怖物件佔地就是這麼大。

目前爲止見過的異靈出現時使用的都是人類樣貌，如果不要把它們打得變形，應該是不會這麼大。

所以不是異靈？

走過情報班讓出的通道，我很快看見挖掘出來的目標物——層層覆蓋奇異陣法的不明物體。

「羽族和精靈術法，還有時間術法。」學長立即辨認出仍在運作的幾層小術法的歸屬，他擊了下掌然後分開雙掌，底下幾層術法圈跟著轉開，但還是維持著封印不明物的模樣。分開的術法陣變得清楚很多，確實是三族特有的古文字，一旁的情報班們紛紛快速記錄。

在封印術的作用下，幾乎感受不到被封印物的存在，當然也包括這些術法本身，若不是情報班挖開上面覆蓋的沙土，或許這些事物還會繼續在此沉睡百年、千年。

不過這東西怎麼以前沒有被挖走？

既然動用到排在前面那三個種族聯手封印，應該是很重要或危險吧。

我努力觀察，眞的看不出被封印物是什麼鬼，那就是一團黑黑的液態物，攤平大概是一般成年男性手掌大小，簡直像個污漬般毫不起眼，周邊的術法陣都比這玩意亮眼許多。

所以當時妖精們挖到的是邪惡石油？

雖然這麼想，不過在這個世界就算是污漬都不能輕視，這個肯定不是什麼好東西，否則不會被三族聯合下葬。

我悄悄在聊天室詢問魔龍和米納斯的看法。

「……無法判定是什麼。」溫柔的聲音給了我不確定的答案。

「把術法解開本尊就知道了。」魔龍則是幹話一句。

情報班們面面相覷，恐怕同樣一頭霧水，因爲有機率引發核爆，所以不能當場解開，但全體人員看著三族留下的封印，一致認定這東西大概如傳說中的危險。

「不過可以從術法陣上頭的標記看出這裡封印的是具有毀滅力量與腐蝕毒素的物質。」米納斯頓了頓，解釋道：「除了三個種族的封印大術構成之外，並借用了時空與精神隔絕類術法。」

也就是說這玩意還會精神攻擊對吧？身心打擊科？

「嗯。」

幾分鐘後，流越和其他術師趕過來，那位紫袍隊長緊跟在後，情報班們把主要空間讓給術師們處理這塊污漬。

我也和學長他們站到一邊。

不知道爲什麼，我總覺得有點不安，不是對於這塊東西感到不安，而是周遭。

陣地結界裡應該很安全，但我一直覺得附近縈繞某種奇異氣氛，雞皮疙瘩都開始冒出來了。

西瑞突然推了我，「有鬼？」

「應該……沒吧？」不確定他是指哪種鬼，我遲疑地回答：「就是怪怪的。」

「直覺嗎？哪裡有問題？」西瑞給我一股說哪裡就打哪裡的氣勢。

「哪裡？」意外地，大哥居然垂眼開口：「不要忽視你的感覺。」

大概是因爲有霸總氣勢加持，我凝神屏住呼吸，終於分辨出來那種怪異的感覺從哪裡傳來。

「是他！」

被我暗指的紫袍隊長這時正在與情報班副隊長說話，兩人似乎在談論很重要的機密，稍微避開了人群。

下秒紫袍隊長臉色一變，猛地側身，險險躲過西瑞的爪子。

沒想到西瑞眞的直接衝上去揍人，我大爲震驚，霎時沒反應過來，那邊的殺手已連續揮出幾下爪子，把錯愕的紫袍隊長逼退好一段距離。

「你們做什麼！」情報班副隊長大概也被變故嚇到，反應同樣慢了一拍，回過神取出兵器要上前支援，閃身而出的大哥攔在他面前，微微泛著紅光的雙眼滲出驚人戾氣，石化預警。

同時間，周圍的情報班們全都進入警戒，畢竟是相處已久的探索小隊，默契這瞬間好到驚人，學長和夏碎學長甩出各自的武器擋在西瑞前方，不讓情報班們介入。

「……？」莫名的術師們被流越設術擋住。

「所以你是什麼鬼咧～！」被保護在中間的西瑞興致勃勃地往紫袍臉上急速揮爪，這次對方沒閃過，臉頰到眉骨被拉出猙獰的傷痕。

紫袍皺眉，滿臉血的臉部隱隱帶著詭異神情，他甩了下手，抓住黑色的大刀，渾身散發強烈殺氣。不過那把充滿不祥氣息的大刀還沒作用，黑色人影倏地從紫袍身後瞬閃出來，完全沒人發現的血靈一刀砍入紫袍的脖子。

西穆德平常砍脖子的力道非常強悍，照理紫袍隊長的腦袋應該會被砍飛出去，然而這刀嵌在紫袍的頸部，只砍到三分之一處就硬生生停住、無法繼續往前。

沒有嘗試續砍，血靈不戀戰地鬆手，卡在脖子上的刀立時被腐蝕成全黑，連刀柄都難以倖免，差一點就感染到血靈鬆開的指頭。

到這種地步其他人不用說也看出來了，這東西絕對不是原本的那位紫袍隊長。

西瑞和西穆德默契極好地左右跳開，透明長槍直接由後飛射出來，貫穿紫袍的胸口，巨大的力道把他插到後方的土壁，眨眼冰霜覆蓋，連人帶土轉瞬凝結。

情報班副隊長沒受到隊長可能已經升天的影響，飛快指揮在場隊伍，非戰鬥人員第一時間退到最遠開啓輔助陣，具戰鬥資格的袍級以「紫袍」爲中心張開結界，各種兵器與術法包圍冰凍中的「紫袍」。

……

不太對，那種不安感並沒有隨著「紫袍」被看出眞面目而安心，反倒變得更加強烈，後腦完全緊繃起來，似乎馬上就會發生更嚴重的事。

剛剛那個方向除了紫袍以外……

猛地回頭，我看見流越旁的那灘東西，術師們並沒有因爲變故而被吸引注意，流越確認學長等人足以應付意外後，依舊和幾名術師把重心放在不明物體上。

還沒來得及鬆口氣，地面刹那整個被撞開，於此之前毫無預兆，甚至連震動都沒有，土層就這樣無聲無息地碎裂，某種巨型物體自下向上衝出，挾帶龍捲氣流破壞了整片情報班們開挖出來的地層與保護術法。

米納斯和魔龍比我反應快，小飛碟四散而出，在空中拉出一層水布牢牢把我接住，其餘人也用各自方式躲開空中的土塊與衝出的巨型魔獸，紛紛在四處設下不同的術法立足點。

那團污漬也被物理性擊飛，不過沒有落入襲擊者手裡，四濺的水花快了一步裹住污漬和術法圈，直接拉到我旁邊。

流越眨眼出現在我面前，黑色的面紗與我正對，然後重重揮出法杖，把我身後的東西擊飛出去，幾個陣法落在我四周，畫出防禦空間。

我順著法杖回頭，看見被打出去的是個黑術師，戴著鐵面具。

哈，熟面孔。

「百塵鎖。」這傢伙果然不會早死，給他點時間又如蟑螂般恢復。

「褚冥漾。」百塵鎖冰冷的聲音從鐵面具後傳來。

「有沒有感覺這陣子很倒楣，走路摔倒、施術自爆，別太感動，都是我天天送你的問候禮，祝您早日被屎坑悶死。」我把米納斯轉換成狙擊槍，填入子彈。

「……」黑術師沉默了，並且散出濃濃怒氣。

看來我真心誠意的詛咒還是很有效，可惜沒有搖滾區見證他怎麼倒楣，但這傢伙絕對有掉到糞坑，我之前還向然借用一點力量拚命咒他，這條是我特別加持全力主打，如今黑術師一身憤怒外加針對我的濃濃殺意都說明果然有被屎悶死幾次再復活。

「爽吧。」我對他開啓嘲諷模式。

一點都不爽的黑術師瞬間引爆我們的防禦殼，術法陣外連環大爆炸，護住我的羽族大祭司用更快速度設下新的結界，所以即使被狠狠爆破，我們的保護層依舊嶄新，還變得更厚。

黑術師衝過來的同時我朝他開了一槍，用的子彈是上次尼羅給我的那批，光明教會出品，射過去的瞬間，百塵鎖以極爲扭曲的姿勢躲過，但還是被打飛了一條手臂，斷裂的左手在空中被炸成粉塵，鐵面具陰森森地回過頭看著我。

「軟硬體升級，謝謝。」我連續開了幾槍，百塵鎖快速拉開距離，看來光明教會給的子彈效果不錯，加上米納斯尋回心臟，擊出的成果自然比上次和尼羅那時好很多。

「哼，一段時間不見，沒什麼長進，猖狂度倒是更高了。」黑術師冷冷鄙視我。

「沒長進你有種不要躲啊～」以爲我瞎嗎，明明就會怕子彈還在嘴秋，信不信秒把你射成洞洞人。「北七。」

這傢伙的目標顯然是我身邊這塊污漬，但他不想被子彈打到，一時半刻也破不了流越的保護層，只能凶狠地瞪著我們，並甩出更多破壞術法。

我們後方是大批大批的魔物展開廝殺，學長他們被糾纏住，難以立即過來援助。

好消息是，這地方應該只有這塊污漬，沒看見其餘位置出現爭搶或是類似的物體，壞消息則是我這裡成了攻擊重點，裂開的天空掉下各種虎視眈眈的魔獸將我們包圍，流越選擇固守在我身邊，只偶爾朝周圍下方甩出一些術法遠程救助。

「滾開，羽族。」百塵鎖對流越發出沙啞的警告聲：「否則撕爛你那對翅膀。」

「喔。」

流越句點了對話。

這場僵持並沒有持續很久。

無恥的黑術師撕開空間，闖進我們的保護結界裡。

預判黑術師會來這麼一手，非常有戰鬥經驗的流越提早設下時空相關的保護層，把鑽出空間的百塵鎖夾在結界層裡，爭取到更多反應時間。

「保護好那塊東西。」流越在污漬上點了下，那些術法緊緊包裹住內容物，周遭環繞出一層白殼，整個變成實體的正方形。

我把正方體抱住退開，在身周擊出幾發子彈蓄勢待發。

百塵鎖很快就掙脫夾層，穿過空間來到流越面前。不論如何，這個妖師叛徒畢竟是更久遠以前的存在，走過許多黑暗時期與戰場，真正實力不比流越弱、還很可能比他高，但流越手上有法器加持，兩人當下竟就這樣再度僵持，黑色與白色的力量強勢碰撞，保護結界被炸開近九成，捲起的爆裂氣流把距離我們最近的一隻大型魔獸割得四分五裂，斷肢血雨噴散。

水流捲著我退開更遠一段距離，流越沒有回頭，幾個保護陣被甩到我身邊，再度把我層層保護起來。

我瞇起眼睛，感覺百塵鎖又變強了，與異靈聯盟後可能讓他們汲取到某些垃圾力量，他身上那種讓人很噁心的氣息比以前更盛。

「你只要拿好那塊東西，不要嘗試攻擊也不要去其他地方，全力保衛自己的性命，我把你送回公會。」流越的話語傳來，打斷我想啟用恐怖力量騷擾黑術師的動作。

「好。」我停下擺好的攻擊架式，轉而利用黑色力量在我身邊設下幾個防護性言咒。

很快地，移送陣法出現在我腳下，開得並沒有很大，主要是防止百塵一族的其他黑術師通過空間術法追上。

「走！」大祭司把黑術師踹飛出去，啟動術法。

周遭景物開始扭曲的瞬間，我聽見一種非常不自然的破裂聲，幾條手臂撕開空間、穿破保護殼想要抓住我，但被包在移送陣法外層的攻擊法術截斷，言咒發動的同時把那些襲擊者都爆成肉醬，然而它們還是弄破了一條細縫。

扁扁的淡色灰影從那條細縫探出腦袋，對我咧開黑色的笑容。

那一刻，我感到身上許多靈符與水晶被毀，老頭公擋在我面前，黑色的身體從中心爬出大量裂痕。

腦袋一痛，聊天室的連結被硬生生斷開，最後只聽見魔龍和米納斯憤怒的呼聲。

手環崩裂，鑲嵌在上面的幻武石蒙上灰暗的顏色。

「你媽的！」我抓住手環與上面的幻武石，轉身朝灰影開槍，殘剩的光明子彈把灰影打成粉狀，恐怖力量下壓與那些四散飛舞的灰影碎片對衝，傳送陣法不住震盪，外面的景色早就不是白楊鎮廢土、也不是公會，完全扭曲成深不見底的黑，整個術法陣發出即將被撕裂的轟隆巨響。

我看見破碎的術法被染黑了一半，終點絕對不會是原本預設的公會，百塵一族雖然智障，但時空術法還是有很高的水準。

見灰色碎片又開始有重組的跡象，我咬牙驅動法術強硬把老頭公的手環、幻武石，以及裂開的紅色珠子按進身體裡封起，接著是那個包著污漬的正方體。

不知道是不是受到邪神碎片的攻擊，白色的外殼竟然出現幾個黑色點點，並且蔓延出一縷很像混合了時空術法的詭異邪惡臭味。

這東西被釋放的話絕對會發生很嚴重的事，不然他們不會派出百塵鎖和邪神碎片，用這種勢在必得的手段夾擊。

算了，死就死！

頂多就是拉著全世界一起爛尾。

抓住逐漸出現污染的正方體，我深深吸了口氣，忍住劇痛，用盡最大力氣把這玩意封進左手，腐蝕般的痛楚秒麻痺整個左半身，血從嘴巴和鼻子噴出，不明物品與封印過強的白色力量對黑色種族的反噬立即顯現。

摀住口鼻，感覺吸不到空氣、彷彿要窒息，我不知道自己會直接掛掉還是半死不活地等來救援，但在這些之前，那抹灰影已經重組完畢，五、六歲小孩的大小站在我面前，微微偏著頭，在劇烈震盪中對我伸出手。

恍惚間，我好像看見熟悉的白色身影橫擋在我面前，阻止灰影進一步觸碰我。

藍色眼睛沒有一絲波動，只是帶著無奈又冰涼的嘆息。

「你怎麼，總是捲入絕境？」

……

……

你去問神奇海螺啊！

下秒我陷入死寂的黑暗。

第七話　冒險者大廳

模模糊糊，好像隔了一層厚實材質的牆外傳來吵雜聲響。

還沒完全恢復意識，我的腦袋混亂間只感到頭痛臉痛胸痛手痛腳痛腰痛可能連指甲都痛，說不定根本就是連指甲都被拔掉的那種指尖劇痛。

有個重重的東西壓在我後腦勺，讓已經很痛的腦子雪上加霜，有種頭殼要爆要爆的感覺。

最慘的是我還移不開那個東西。

……

……

啊，所以現在是掉入獄界嗎？

我遲緩地一點一點想起最後看見的物事及那個破碎的移動陣法，想到那些辣薩咪亞的陰人手法竟然進化到直接用空間術法在移動中劫殺，我就覺得應該要建議流越以後多學一點比他們更卑鄙的手段，劫對方殺之後再反劫殺。

不過眼下最要緊的還是先搞清楚我的雲霄飛車坐到哪座奈何橋了。

若是獄界還好，可以用網路線撈鬼王幫忙，妖靈界就比較靠杯了，當時沒有和幻水魔交換緊急聯絡方式，再者向他們求救搞不好還會反被溺死，先不考慮。

知覺逐漸恢復後，可知我現在是趴在地上以臉埋土，腦後有個東西壓著，啊不，應該是身上其他地方也被東西壓住，聽覺漸漸清晰，我發現不遠處有人在對戰，數量不少，有我熟悉的黑色氣息及妖魔味道，還有一些白色種族的感覺，壓在我身上的就是掛掉的白色種族。

身體左半邊依然麻麻痛痛的沒有反應，只剩右手可以嘗試稍微撥開身上的物體，至少不要被持續重壓。

不知過了多久，仍沒法移開半點，反倒快被壓到沒氣，那端鬥毆的雙方人馬越打越遠，只留下濃濃的血腥味與魔氣。

不過最起碼我可以分辨出這裡不是妖靈界或獄界，周遭元素能量濃郁又清澈，沒猜錯的話，應該還在原本的守世界，這樣一來安全許多。

試圖敲出通訊術法叫救命之際，壓住我的東西終於有了動靜，快把我頭殼壓裂的沉重物體被慢速推開，黯淡的光源點亮四周，我側過頭才辨認出周圍的幽暗不是因爲天黑，而是被魔物的黑霧包覆，土地上全是濃稠血液，白色種族、黑色種族混雜，還有帶毒的妖魔體液四散噴濺，形成一種讓人想毀滅鼻子般的味道。

推開重物的「人」終於映入我眼裡，是個很小的小孩，三、四歲大小，皮膚白皙、白髮裡有著白色、尾端尖尖的獸耳，一隻毫無波動、冰冷且寒涼的藍色眼睛透出的無言讓人很熟悉，但更惹人注目的是小孩渾身斑斑的鮮血、被挖掉一隻左眼的血洞與胸口的大大窟窿。

「……屍體？」我咳了聲，把滿嘴的血和沙吐出來，挾帶一點泡泡。

馬的我被雲霄飛車甩出去沒死，該不會最後是在這裡被壓爆內臟死的吧？

「嗯。」小孩點點頭，動作有點僵硬地繼續把我身上其他重物推開，抓住我的肩膀，手腳並用地吃力把我從原地拖出來。

這時就可體現到獸王族真的天生力氣大，這麼小團的孩子居然有辦法拯救我。

等被扶到一旁岩石邊靠坐，我才看清楚壓在我身上的是各式各樣的動物屍塊，大多是猛獸，如狼虎豹獅一類的，還有些比較小的狐、貓等等。

這是一支被妖魔襲擊的獸王族隊伍，看著散落在四周的各種物品與男女老少皆有的屍體，我猜這不幸的族群很大機率是正在遷徙中卻遭到恐怖襲擊。

不知道該不該說是喪屍的小孩可能是這些獸王族某個亡者的孩子，顫顫地移動渾身是傷的身體，原本柔軟長長的白色貓尾被砍得只剩半截，但四肢健全，五官除了少隻眼睛外，基本俱存，在一片死狀淒慘、沒幾處完整的殘屍中，確實是比較好的選擇。

好巧不巧這隻小白貓也有一隻藍色的眼睛，雖然色澤不同，但大大的如同寶石，又像是晴天的色彩，非常漂亮。

我看著小喪屍艱難地在散亂行李中尋找可用物品，半身不遂外加全身劇痛下，突然有心情笑出來，同時發現自己臉上不知爲何有點濕。

看到紅色珠珠裂開時我可能隱約就有這種感覺，魂體出現後證實了那個術法被邪神碎片連續衝撞果然會出問題，結果到最後仍然把人拖累了。

不管如何，這個原本該持續很久的沉眠終究還是被驚擾了。

沒有叫破對方的身分，我只輕輕喊了一聲：「好久不見。」

小喪屍回過頭，藍色的眼睛注視我：「嗯。」

氣氛一點都不感傷，也沒有什麼激動的相會，就像以前一樣帶著距離地各做各事，好像本來就該如此。

仔細想想，其實我們原本也沒幾句話好說。

因爲我和全癱沒兩樣，傷重法術調不出，與魔龍、米納斯也失去連繫，符紙水晶差不多六、七成都被邪神碎片破壞，幸好先前遭遇邪神手段後曾加固不少物品，加上伊多提供的都有做好隔離保護，剩下的數量還算感人；但因爲我做了兩次封印導致力量見底、精神混亂成一片，暫時無法開啓自身的儲物術法。只能聊勝於無地吃力與周遭元素溝通，借用稀薄的自然能量治療嚴重的傷勢。幸好周圍能量眞的充沛到爆，已慢慢開始癒合一些輕傷。

翻找半晌，小喪屍拖著一布袋藥品回來，冰冷的小手先塞了幾團味道很可怕的止痛藥到我嘴裡，接著再把找來的藥膏、藥水往我身上糊，弄完後他把血衣脫了，拿出布條捆好身上那些致死傷和失去心臟、眼睛的胸口與左臉，最後再套上一件略大的外衣與黑色斗篷，僞裝成正常的小獸王族。

布袋裡還塞了幾枚撿來的水晶，遮頭蓋臉完畢的小喪屍拿著水晶畫了幾個術法圈按在自己的屍體上，接著又畫了幾個放到我身上。

沒多久，劇痛感稍退，我呼吸順暢、人也更清醒了，治療術法確實運作，不斷吸收周遭濃郁的力量替我恢復殘廢的身體。

小喪屍做完一切後在我旁邊坐下，無聲地看著遠處的妖魔與殘存的獸王族。

雖然有心想幫忙，但一個癱瘓、一個喪屍肢體不便，爬過去百分之百扯後腿，只能坐在原地用關愛的視線與心語祈願他們可以順利脫逃。

可能是我的妖師力量還有點屁用，那邊打著打著，幾個妖魔好像踩到什麼，霎時炸出整片白光，光束沖天的當下，傳出好幾聲猛烈的嚎叫，最後妖魔就這樣揚灰了。

「精靈陣法。」小喪屍冷淡地吐出他們踩到的陷阱名。

「哇喔。」眞的有痛，彷彿那些年被射斷的膝蓋們。

妖魔大概到死都不會想到爲什麼荒郊野外殺人奪寶，一切順利的情況下會突然在地上冒出幾個精靈挖的陷阱，然後他們竟然還踩到被滅團。

妖師詛咒，值得擁有。

獸王族們也很震驚，不過幸運活下來後很快回過神，擦著鮮血與眼淚重返堆疊屍體的現場，四處發出不一的哭泣聲，有些女性獸王族從屍堆裡抱出幼小孩子的軀體，沉痛地將額頭靠在尙有一絲餘溫的屍體身上。

我們兩個活口在屍堆裡有點顯眼，很快就有一名高大肌肉系的壯漢跑過來在我們面前蹲下，小山一樣的高壯男人疑惑地打量我，然後低頭對小喪屍嘰嘰咕咕地說了幾句話，接著指了個方向，小喪屍很配合地點頭，搖搖晃晃地起身去那邊的屍堆翻找，很快便拖出半截非常巨大的白貓屍體。

「你是……妖……師……黑暗的驅使者……？」壯漢似乎不太熟悉通用語，說起來很怪異，與我學過、常用的通用語不同，腔調很重，但稍微可以理解意思。

我有點意外對方居然可以看穿我的身分，然而沒有感受到惡意，所以老實地點頭。

壯漢也不知道爲什麼我會出現在這裡，比手畫腳了一會兒後指指剛剛爆出精靈術法的地方，繼續努力與我溝通：「詛咒……？謝謝……救了我們。」

這讓我更詫異了，他竟然知道妖師的心語詛咒？而且還很快分辨出妖魔踩爆陷阱可能是因爲我給他們帶去的詛咒？

雖然應該警戒起來，然而癱瘓的我只能維持原本的動作，沉默地看著壯漢到底想做什麼。

壯漢沒多說什麼，四周環境仍然很危險，他比了比自己：「帕歐。」接著吹了記響哨，有隻白色的牛踏著滾動的風漩渦走過來，牠的形體約莫正常牛的兩倍大，背上擺了一隻昏迷中的黑豹，壯漢扶起我，也掛到白牛身上。

白牛走到屍堆外圍，那邊已經有好幾隻同樣揹著受傷族人的各種獸類，約莫十多名人形獸王族正在周遭警戒，大部分倖存者忍著悲傷整理完屍體，將可用的物資分離出來，最終做完禱告，由一隻鹿首龍尾模樣的獸王族張開嘴，朝排放好的亡者遺體噴出金色火焰。

很快地，犧牲者們在倖存者的目送下化爲灰燼，連同遺留的妖魔氣息一併抹除，被金火渲染過的骨灰四散飄揚，帶著一抹淡金光芒由風吹至遠方。

最後一點火焰消失後，魔物氣息消散的天空呈現織錦般璀璨炫麗的橙紅色晚霞。

壯漢站在隊伍最前頭，發出沉沉的聲音：「出發！」

※

再度甦醒時，我躺在有點硬的床板上。

白牛不見了，模糊映入眼中的是很暗的狹小室內，牆面是木造的，沒什麼特別裝潢，只在主牆上有一束奇怪的乾草與一個鐵製的藤蔓粗糙掛飾，除去我躺的木床，室內只有一張椅子與一張同樣簡陋的木桌。

小喪屍正坐在椅子上，他的坐法很奇怪，是那種完全沒有使用力量、四肢甚至整個身體都垂著、純粹「擺放」在椅面上的感覺，斗篷帽將他整張臉幾乎遮掉九成，只看得見一點點下巴與左臉的繃帶。

大概是發現我清醒了，原本像個物件被放置在椅子上的小喪屍突然動了下，接著啪的一聲臉朝下摔在地面。

我被這個動作嚇了一大跳，本能想翻身，這時才發現我的外傷居然好了不少，但左手依然完全不能動彈，連帶左半身體也還有點麻木，不太受控，當然翻不起來。

小喪屍伸出手，把自己從地上撐起，手腳不太協調且僵硬地回到桌邊，用破損的木碗裝了

茶水，雙手捧好走過來。

看來這具屍體眞的相當難用。

左側身不太方便，我努力用右手和右半邊身體蹭了一會兒，才把自己蹭起來靠坐在床頭，接過木碗先喝了口冰涼的水，接著檢視身體狀況。

左手因爲封入正方體差不多廢了，手腕到手上臂出現大量猙獰的黑色花紋，看不出圖形是什麼鬼，具體形容的話大概是不快點弄出來我可能早晚會投胎那種。老頭公本體和幻武石都置入身體裡面養護，可感覺到老頭公進入沉眠修復，幻武石雖然沒事，但短時間內被斷訊，得等他們排除邪神碎片的影響。

「你狀況如何？」我把木碗放到床邊，皺起眉看著小喪屍，當時情勢危急，紅色珠子被打裂了，現在魔龍不在無法還原術法，該沉睡的魂靈被驚醒，不得不把自己塞進獸王族白貓屍體裡，我不曉得會造成什麼影響，而且我會掉到這裡，很可能是最後時刻他搶出緊急修改了傳送術法，不然睜開眼睛看到的應該是那堆缺德絕子絕孫的變種魔神仔。

會有什麼後遺症，我不知道。

二十七和魂鷹會不會追來，我也不知道。

我只知道他做了這些事不可能沒有代價，這是我最害怕的事。

小喪屍沒有回答我的擔心，只用白到沒血色的手指向我的左臂。「『它』把我們送到這裡。」

我用右手抓起左手腕，印花冰冰涼涼，沒感受到任何力量波動。

「這裡是哪裡？」還是要盡快與公會取得聯繫比較好。

「南方戰場邊陲。」小喪屍把木碗捧回桌上，費力地弄出小陣法將水加熱，然後重新倒了一碗給我，又慢慢走到一旁桌子拿下木盒放到床邊。「我無五感知覺，有問題，要告訴我。」

微微皺眉，不知道是使用屍體的問題還是魂體本身有狀況，但他不開口，我也沒得問起，只好在對方指示下打開盒子，裡頭是十幾顆黑色的圓形物體，全都是給我的藥，長相很不友善，聞起來味道更不友善，而且每顆有乒乓球大小，塞下去可能會死。

說到藥，我現在力量恢復不少了，於是解開儲物術法，拿出哈維恩幫我準備的各種成藥與簡易食物，幸好這些沒被破壞，另外就是保存下來、約莫三成多的符紙和水晶，不要浪費的話，短時間內可以保護我們的基本安全。

感謝遠在天邊的哈維恩大總管與伊多，愛他們。

小喪屍挑挑揀揀，幫我搭配了幾種成藥，取代小盒子內的恐怖藥球，針對身上幾處重傷用藥後，我左半邊身體終於恢復大多知覺，只是左手還是廢的，封印正方體的這段時間可能完全不能用了，因爲仗著還有醫療班可以依靠，所以我對於左手暫時掛掉這件事雖然有點害怕，但還算可以接受。

往好處想，至少沒斷。

我剛把物資收起來，外面就傳來聲響，不怎麼牢靠的木門被一把推開，出現在外面的是那天的獸王族、名叫帕歐的壯漢，他換了一身衣服皮草，手上端著木盤，側身彎腰穿過對他來說過低的門框。「食物，好好休息。」

他的通用語還是很奇怪，不過小喪屍提早用我的水晶幫忙做了精神溝通術法掛在我脖子上，所以我很快就搞懂對方的意思。

帕歐是那支獸王族隊伍族長之子，他們是一個混合獸王族部落，以荒獅族爲首領，原本住在南方邊境，但那邊先前被妖魔入侵了，棲息地全付之一炬，荒獅首領帶著戰士們抵抗大舉入侵的妖魔，讓老弱婦孺撤走，沒想到在撤退路上又遭到另一批魔物襲擊，護衛的戰士與居民們死傷慘重。

如果不是因爲那批魔族衰小踩到精靈們埋下的殺魔陷阱，他們可能那日眞的會全數被殲滅。

沒錯，那日。

我整整昏迷了三天三夜。

還好沒睡到鏘掉。

目前我們所在地方是妖精與人類組成的小城鎮，帕歐帶著族人尋找到這裡的庇護所，婦孺們被當地的綠妖精神殿收容，青壯年則是暫時被指派到幾個地方工作換取食宿，綠妖精已經派出小隊伍前往獸王族原本的居住地打探，還未傳回具體消息。

小喪屍原身的父母有留給他一點遺產，這三天我們住在這家便宜旅館都是用遺產支付，包括用在我身上的藥物及臨時請來的醫師。

綠妖精的醫師不太擅長治療黑色種族，只能先幫我看外傷，鎮內目前沒有黑色種族醫師，所以一直等到我清醒了、拿出哈維恩幫我備好的專用成藥後，傷勢才好了大半。

……等等，所以這裡的鎮民覺得治療黑色種族算正常嗎？怎麼沒有大呼小叫和質疑？說好的妖師一族會吃小孩呢？

而且帕歐的反應真的不是我在說，有夠普通，一點也沒有聽到妖師時該有的大眾反應。

你們真的還好嗎？快點喊兩句妖師人人得而誅之啊，這麼心平氣和讓我覺得好詭異啊！

不知道我的心理活動有多複雜，帕歐把木盤端到床邊，他的身軀太龐大了，原本就很小的房間被擠得更小，於是他不得不坐在地上，還要儘可能把腳盤起來才不會一直頂到桌椅。

這個好心獸王族帶來的是一盤食物，幾片硬麵包與紫色的果醬，兩巴掌數量的水果，以及一碗棕色的糊狀物體。

看著糊狀物，我想著剛剛收回儲物空間的食物，有點考慮要不要拿出來，但目前狀況不明還是不要隨便浪費，只能硬著頭皮接過那碗愛心糊，拿近後才嗅到堅果的味道……可能這是用很多堅果穀物做成的食品，應該沒我想的那麼黑暗。

淺嚐一口，果然迎來很濃郁的穀物香，貌不驚人卻味美，以後不能對長得怪怪的食物太失禮。

「你有什麼打算嗎？要不要聯繫你的族群？據說妖師一族在北方，相當隱蔽，傳遞訊息可能需要時間。」帕歐等我吃了過半後才開口：「或是就近有認識的人可幫助你？」

「……？」我愣了愣，有點不太明白獸王族的意思，話可以藉由術法聽得懂，但組織起來的內容聽不懂。「呃……這裡有公會點嗎？」

到底是掉到多偏僻的地方？

「公會？黑色種族的公會？可能有月幕公會的通訊處，你可以到冒險者大廳看看。」帕歐給了一個更加詭異的回答。

我開始懷疑是不是這顆翻譯水晶沒下載更新，所以把我們兩個的對話意思扭曲了。

帕歐身爲族長之子還有很多事情要處理，帶來食物後又慰問了幾句，替我們指出冒險者大廳的位置後便急匆匆地離開了。

所以，冒險者大廳是？很多不同公會的聚集處嗎？

現在大家說的公會指的是我們所知的公會，因爲公會並沒有名稱，一般在外單指公會的話，都會默認是勢力最強的種族聯合公會；公會在各地也有自己專用的駐點建築，不太與外界組織聯絡點混用，更別說在冒險者大廳裡面了。

這裡是眞的偏僻到只能都塞在冒險者大廳嗎？

另外，從帕歐剛剛的說法可以得知，他們竟然覺得黑色種族很普通，甚至連黑色種族的公會都很平常地在冒險者大廳掛名？

眞的越來越問號了。

到底是掉到什麼地方了？

吃飽後我又休息了一會兒。

全身的黑色力量恢復兩成，左手仍舊失聯。

爲了方便在白色種族城鎭行走，我轉換了血脈，更改成屬於人類的白色種族，這部分恢復量更低，大概只有一成半，但不妨礙走動，只是不能跑跳翻滾在地上蠕動。

小喪屍從我這裡拿了幾張符紙塞進身體裡，至少走路比較穩了，沒有原本那麼僵硬。

換好乾淨的衣物，我們兩個大小傷殘離開房間，雖然房間小小又有點破破，不過該有的基本保護術法倒是都有，房客一出門，門上立刻展開防止入侵的陣圖。

這層樓大約有八間房，規模不大，走到盡頭有樓梯，穿過樓梯的隔音陣，迎面而來是下方大廳的喧囂，各式各樣的客人在木桌邊大口吃食或喝酒交談，熱騰騰的食物氣味撲面而來，中央簡陋搭製的木台上還有一名妖精撥動著琴弦，以純淨的嗓音彈唱敘事詩，場面非常熱鬧。

「嘿！兩位好一點了嗎？」剛走下樓梯我們就碰見旅店的女侍者，不知是什麼類型的妖精，甩著鮮花裝飾的棕色大辮子爽朗地問候我們：「要替你們準備點吃的嗎？現在有爐烤碧波和新鮮的麵包，還有鮮美的魚湯，或者你們會想要再來一些本地特有花藤酒？」

「晚一點，我們要先去冒險者大廳。」我連忙向熱心的侍者道謝，雖然說了不需要食物，不過離開旅店前她還是很好心地打包了一份剛出爐的小捲餅送給我們在路上吃。

離開旅店後，外頭是那種舊世紀會有的街道，與之前青幽族那邊有點像，但更古老，大多是石和木的建築，石造的多一點，門與牆上大多有雕刻。旅店所在位置是貿易區，一開門，外面就有不少攤商，賣的物品不多樣，食物藥草佔半數，再來就是便宜的刀劍防具，水晶木片等物。

……很有古早味的街道。

不只用品，連往來居民、旅人也穿得很古樸，沒有看見任何現代服飾，有的裝扮甚至滿沉重的，很像久遠前穿戴盔甲的重戰士。

我覺得哪裡怪怪的但講不出來。

也不是第一次看見這種類型的街坊，之前燄之谷和冰牙族也是喜好動手製作的種族，然而這裡真的給我一種非常怪的懷舊感，包括地面上有點粗糙的灰色大地磚。

見小喪屍差點又被突出的地磚絆倒，我本來想把他拎起來揹過去，但想想對方的性格，還是沒有出這個手，於是放慢步伐跟著一步一腳印慢慢走，就這樣用龜速半走半逛街地往冒險者大廳方向去。

冒險者大廳並不難找，順著帕歐指出的方向，用我們這種速度走個十多分鐘還是走到了，是個不小的石造建築，遠遠就看見屋頂懸掛飄揚的藤蔓旗幟，表示這裡是城鎮建置的公用冒險者大廳，所有登記過的公會都可統一在這裡接取任務與探聽、購買情報。

大廳一樓至少有我剛剛住的那家旅店四、五倍大，放眼望去有十幾張長桌，周圍還有大大小小的圓桌，旅人坐滿了三分之二的空間，很明顯可看出來是分屬不同勢力的多支隊伍，隊伍與隊伍涇渭分明，入門右側有接待櫃台，往內則有其餘服務櫃台和點餐處，盡頭是城鎮的冒險者任務發布、結算處，二樓則劃分許多窗口給各個登記公會作爲聯絡處，再往上的三樓並不開放。

「是新訪客嗎？」一踏入大門，接待侍者立即迎上來，同樣是名妖精，金色波浪長髮非常亮麗，她並沒有因爲見到陌生面孔而有異樣態度，反而相當有禮且適度熱情，讓人感到很舒服。

「呃、對。」粗略一看沒找到熟悉的袍級顏色，我下意識迴避詢問公會與袍級的相關消息，現在比較擔心這裡搞不好是那種很罕見的封閉型城鎮，不太喜歡與外界往來，所以才找不到公會和袍級的身影。

「如果這裡有您的冒險公會可以直上二樓，我們這裡提供食住與一般任務發放，如果您需要接辦或委託任務，可以在後方櫃台登記您的身分，會有專人幫您置辦認證與解說；若有兌換本地貨幣、更新地圖、購買情報的需求，可在側方櫃台或請桌邊侍者幫您辦理。」接待者非常友善地一一替我講解幾處櫃台的不同，隨後帶我們到一張靠窗、通風的桌子邊，很快就有侍者端來茶水和一份新手說明書。

問了小喪屍，他不需要食物，我剛剛吃飽也點不了什麼，詢問桌邊侍者後，知道當地貨幣可以用等價物品交換，於是拿出兩罐平價普通的傷藥請侍者幫我們兌換貨幣與點份下午茶，接著翻起那份大廳的簡介說明……靠夭，完全看不懂。

默默把說明書推給小喪屍，我很誠懇地思考爲什麼這種地方的說明書通用語長得這麼奇怪，有的看得懂，有的看不懂，還夾雜一堆怪怪的用法和不明的專詞是想逼死誰。

小喪屍坐在侍者幫他墊高的椅子，晃著腳拿起羽毛筆幫我在說明書上寫翻譯註記，那半截斷口纏著白布條的尾巴垂下木椅，看上去有點可憐。

過了一會兒侍者端著下午茶過來，意外地那兩罐醫療班出品基礎傷藥竟然換了一大袋錢幣，不知道這裡是怎樣的匯率，我只覺得非常驚人，按照下午茶的費用計算貨幣價值，藥罐幾乎翻賣出三、四倍的價錢，搞不好這裡會出現醫療班的藥物黃牛。

下午茶很簡易，是一壺花草茶和幾片麵包、烤肉片。

「聽說了嗎，獸王族的分支小村莊這幾天差點被滅村，魔族眞的很猖狂……」

我默默偷聽附近桌的聊天，雖然他們通用語腔調也奇奇怪怪，不過用字相對粗俗簡單，反而容易聽懂。

「白精靈族才剛堵住一條細縫，死了好多純精靈和混血精靈，空氣元素比起以前混濁太多，可能最後幾批也要離開世界了。」另一桌感嘆著喝了口酒，手指不輕不重地敲擊桌面。

「西境因為有精靈鎮守，比起其他地方和平很多，眞是羨慕，但不知道所有白精靈都離開後能夠再維持多久。」

「說到魄力還是羽族有魄力，他們上個月捨棄一座浮空城市直接與魔王對撞，引爆的能量當場絞死妖靈界來的整支魔王軍團，街上吟遊詩人都在傳唱這件事。」冒險者同伴分享自己聽來的傳聞：「不愧是風與天空的子民，決斷起來就像發怒的天空一樣狠絕。」

「人家敢拿城市就義，一些地面的傢伙受到保護還嫌他們城市爆炸差點波及附近冒險者，我覺得應該把那些垃圾冒險團砸死，廢話才不會那麼多。」同樣旁聽這件事的別桌冒險者轉過椅子，朝談論的男人們舉起裝滿酒的大木杯，心有戚戚地發表感想：「老子雖然覺得那些有翅膀的住太高不好接近，但就這種決斷，老子眞心佩服他們！」

「為羽族乾一杯！」

周邊幾張桌子的人紛紛舉起手上的杯子一齊吆喝。

我聽著那邊的喧囂，越聽越不對，總覺得他們在討論的事情很離奇。

新手說明書出現在我面前，已經翻譯好的小喪屍歪頭看著窗外，斗篷帽因為要寫翻譯所以向後拉開大半，僅剩的那隻藍色眼睛看著外面街道，沒有情感波動，但好像又對外面的世界有一絲興趣。

不知道他沉睡的這段時間夢境是什麼？

內心瞬間愧疚，我抹了把臉，正想向對方說點什麼時，座位上的小喪屍不見了。

「！」

還沒反應過來他跑到哪裡，窗外先爆發騷動，沿著吵雜聲扭頭看去，街景還是剛剛的街景，但小喪屍出現在街上，而且還是蹲在一名女性妖精的肩膀，女妖精被嚇得發出尖叫。

下秒，骨骼錯位聲在尖叫中傳來。

小喪屍用他不太方便的手硬生生把妖精的腦袋轉下來。

……

啊這個……

我的大腦反應沒跟上對方迅猛凶殘的動作，那瞬間只覺得他扭得好順手，原來他剛剛不是在看風景，是在相人頭，果然換個身體也換不掉靈魂的恐怖程度。

小喪屍提著腦袋往後跳開，失去頭顱的妖精脖子噴出大量黑血，混著黑暗氣息的血霧傳出極濃的腐敗氣味。

四周人們一聞到這股味道，本來要撲上去抓小喪屍的動作立刻停止，全部掉頭圍繞在站立原地的屍體周圍，迅速畫出封鎖法陣，合力燒死妖魔。

小喪屍趁空檔跑回，把那顆腦袋推到窗框上，死亡瞬間形成的猙獰臉孔面對著我。「貼一張。」

我連忙掏出符紙貼到開始扭曲異變的斷頭，轉斷時還沒感覺，現在整個都是妖魔的臭味。從窗戶爬回來，小喪屍把頭遞給旁邊目瞪口呆的侍者。

侍者如臨大敵地捧著那顆頭去櫃台處理，附近原本在聊天喧鬧的桌子都安靜下來，各式各樣的目光投到我們這桌，有探究有訝異有惡意，更多的是對小喪屍產生微妙的興趣，大概是因爲他獵人頭的動作太俐落。

「獸王族？」隔壁桌穿著軟皮甲的高大中年男人抓著兩大杯酒走過來，一屁股在我們旁邊空位坐下。「怎麼這麼小？跟著……人類？」

對方看過來，我立刻擺出平常千冬歲那種商業用的審視臉。「有事？」

「給這小朋友送一杯酒，居然識破妖魔的僞裝還敢動手，厲害啊小鬼。」高大男人把那杯快有半個小孩高的酒杯推到小喪屍面前。「哪個冒險團？有公會？該不會是跟著前兩天那支逃難的獸王族隊伍來的吧？」

「沒錯，我們只是逃亡來的。」這點如果對方有心想問可以問得到，畢竟帕歐他們已經向小鎮求援，大廳這裡有販賣情報，搞不好連我們住哪間旅館、房號多少都知道，所以沒必要說謊。

「你個人類怎麼跟著獸王族逃亡，獸王族向來對人族沒什麼好印象，又小又薄。」男人灌了一口酒，眼神有點鄙夷地掃過我身上還沒痊癒的幾個傷。「還有你的通用語怎麼怪怪的？」

「有可能我不是用肉身戰鬥的呢。」皮笑肉不笑地回答，我意識到對方可能是來探情報，便沒打算深聊。

男人見我起防備，立即抬起手表示他沒有惡意，重新擺正態度說道：「我就是好奇這隻小貓怎麼認出妖魔，最近妖魔僞裝正常種族出入各個地方，連續破壞了不少城鎮和棲息地。」

「對啊，獸王族村莊也是這樣被入侵的吧。」穿著火紅色服飾的深色皮膚女性走過來，美艷的面孔上有著赤色火焰刺青，加上一頭火紅色大波浪長髮，整體看起來非常狂野。「我們冒險團剛支援完類似的棲息地事件回來，那些居民眞是可憐。」

「精靈術師雖然非常強，但數量有限，唉……」又一個人拉著椅子湊過來，還順便把食物也端來。

「說到精靈術師，上個月南方戰場來了個白精靈術師，還帶著混血精靈到處設置針對妖魔的陷阱，據說小村落附近極多，算是種保護。」

不知道爲什麼，我們這桌開始被一堆人包圍，桌上疊滿從各處搬過來的食物和酒，這邊一句、那邊一句，交換起各自旅途中的見聞和情報。

小喪屍被抱到另一張比較高的椅子上，手裡被塞了一杯牛奶。

這幅畫面其實有點萌，但我怕他等等也會站到我肩上取我狗命，只好猛喝花草茶聽八卦掩飾笑意。

「羽族祭司也很厲害，上一輪天空戰場傳來捷報時，好像是以一位阿蘭斯大祭司爲首，帶著羽族打退魔神使役，關掉侵略通道。」

「時族的曙隱族那邊也封了條走道，這些妖魔眞是防不勝防。」

聽著這些討論，我越來越覺得剛剛的猜測應該沒錯了。

整個，大寫的頭痛。

肝腸脾胃膽腎都痛。

所以我們是掉到多少年前了啊啊啊啊啊啊啊啊啊啊！

第八話　祖先

我搗著頭。

先不去想能不能回到現代這種機率玄學問題，按照身邊這些好像什麼歷史事件或口耳相傳中看過、聽過的談話，這個該不會是很久很久以前，狼神或精靈王他們那一輩的超級戰場吧？

就是漫天妖魔鬼怪還有外星人入侵那個！

難怪通用語聽起來會怪怪的，能聽懂我都該阿彌陀佛了好嗎！

百塵鎖你們這些辣雞業障啊啊啊啊啊啊啊啊啊啊！

到底是怎麼搞的才會讓雲霄飛車超越時空啊係老師咧咧咧！

好的，冷靜下來。

……

無法冷靜。

靠！

這大概是我這輩子最遠的旅行。

人生至此，値回票價。

畢竟沒有幾個人可以在漫長的人生骯賴中獲得回到祖公時代的成就。

我猛然想起伊多先前在醫療班爲我們送行時告訴我的話……這還眞是有夠遠的遠行！難怪他會特別提醒我，他可能只覺得遠到匪夷所思，應該沒想到我會被一送直接送去超時空。

好的問題來了。

按照我們現在這種偷渡客狀況，我們會被時間種族或是告密者抹殺嗎？

因爲精神被打擊到導致有點渾渾噩噩，剛剛的桌邊侍者擠進人群，把妖魔腦袋的懸賞金交給小喪屍，後者放下他那杯無法解決的牛奶，慢吞吞地拿著錢袋從高椅上爬下，他的動作讓我抖了下回過神，幸好這次沒有臉朝地。

「不好意思，我們還有事情先走一步。」見他想離開了，我敲敲腦袋趕緊跟著起身。

「等等，你們兩個小孩子還跟著獸王族嗎？」火焰刺青的美艷大姊喊住我們，接著遞了一塊紅色小石頭過來，隱蔽地點點她的左手，暗示她注意到我身上異狀了。「我看你們受傷不輕，如果沒有大人跟著，有問題可以找我，我叫艾利曼．巴瑟蘭。」

……？

如此熟悉的姓。

「炎狼？」我呆滯地接過石頭。

「啊哈，你知道啊。」大姊用力拍了下我的肩膀，還好我左肩麻痺，不然可能會痛死。

「我還會在鎮上停留幾天，接下來回轉東境戰場，我嗅到你身上有熟悉的氣味，應該也有炎狼朋友吧，有事不用客氣。」

所以我身上還有什麼味道？

艾利曼湊過來往我身上繼續嗅嗅，挑起眉。「不過你身上氣味很混雜，還不只一名凶獸，等等這是羽族、混血精靈、妖精、幻獸……這啥一股血的味道，新生種族嗎？嘖嘖，玩得很大喔小朋友。」

頂著對方閃爍八卦的目光，我有點無言地收好石頭，「先謝謝您了。」這位不知是不是和學長祖先有關的祖先。「你們族……」

我正開口想詢問燄之谷看看能不能找到認識的人，反正都已經時空旅行了說不定可以提醒他們點什麼，這時衣襬突然被拽了一下，低頭看見小喪屍對我搖搖頭。

不能問？

「呃……你們族聽說超強，有機會再去拜訪。」我連忙呼攏過去，跟著小喪屍的腳步趕緊離開冒險者大廳。

快步追上小喪屍，他走得並不快，但比剛剛好多了，至少沒有絆倒。

「不能過度接觸這個時代的事情嗎？」我想了想，按照時間種族的尿性大概是這原因才被阻止吧。

小喪屍點點頭。

「那你剛剛還殺了一隻妖魔。」那個頭扭得不是普通快速啊不要雙標。

「……即使不動手，三十秒後神職者也會將其殺死。」小喪屍提起手上的錢袋，神態冷漠地回答：「除了此些，沒有改變過這時代的重大軌跡。」

「你怎麼想到要賺錢啊？」沒想到這人居然還有這麼實際的一面。

「你會餓死。」小喪屍無溫地說出更實際的話。

「……」對，我會餓死，現在需要食物和生活支出的是我啊啊啊啊啊！而且不能過度接觸的話，一些明顯後世才有的物品就不能拿出來賣了，我不太清楚這個年代的物資水準是怎樣，但我身上大多藥物術法等都是新研發的倒是很確定，幸好剛剛只拿出很基本的藥品，小喪屍沒有阻止我應該是在可容忍範圍。

「我們身負既定的未來軌跡，不能隨意與過去相觸或試圖改變。」小喪屍把錢袋丟給我，控制他緩慢的步伐，很認眞地走路。「會擾亂歷史長流，進而被抹殺排除。」

我打開錢袋，發現賺到的錢居然不少，看來城鎮裡應該有找出隱藏妖魔可以得到賞金之類的規定。

好吧，看來我們在找到路回家前，只能當一個稱職的NPC。

哎等等，那在獸王族倖存者逃亡時，我詛咒妖魔會衰然後他們踩到地雷這個算不算更改重大歷史？

「算，但在規則允許範圍。」小喪屍聽完我的疑問後，輕聲解答：「偶爾偏移能夠修正，一直偏移會採取消滅。」

懂了，一、兩次還可以，一、二十次我們就死定了。

所以穿越之後可以好好生活的故事都是騙人的嗎？

說好的開掛稱霸世界的橋段呢？

「反正就是未來不能影響既有的歷史正軌就是了？」我大概懂這個操作了，因爲我們是未來的人，身心靈魂八成已經被未來世界蓋過歷史章，所以我們在過去的既定歷史亂搞的話，過去可能會爆炸、引動歷史的改變，所以世界意識或是時間種族爲了維護秩序和法則會來捏死我們，排除這個意外出現的混亂源。

說到時空旅人，我這邊也有個認識的，當時是用冰牙族和燄之谷兩族的發展榮耀作爲支付，讓學長成爲後來時間的人，也將他的生存時間永久固定到現代。這是不是說明了，改變過去很難，但改變未來在某些情勢下有得商量？

我再度向小喪屍發出我的問題，後者沉默了片刻，才淡漠地回答：「觸動軌跡必然付出代價，並且不一定成功，那位是特例，不被允許者皆遭抹殺。」

反正以他們時間種族立場來看，最好就是不要隨便在歷史上亂搞吧。

我默默嘆了口氣，有瞬間我想到了如果可以這樣回到過去，好多好多憾事便能改變，但果然這不是隨便能夠碰的事情，這次來到這裡最大的原因還是我左手上那個不明物體吧，不知道這玩意把我們搞回這個時代幹嘛，整個前路無光。

不過現代是一定要回去的，我被甩過來的那時候狀況太危險，雖然我相信很快就有公會救兵，流越和學長他們的實力也不會讓他們出太大問題，然而這些事情還是要自己親自在場確認才安心。

而且……

看著小喪屍的帽頂，我對於他這次的強迫甦醒感到滿心不安，甚至有種說不出的恐懼。

之前打算想個方式逼問二十七關於時間種族復甦的可能性，現在或許已經迫在眉睫，要快點回到現代找二十七幫忙才行。

抓起沒感覺的左手，那些黑色紋路隱藏在衣服底下。

拿出來使用黑色力量刺激看看呢？

遠方傳來轟然巨響。

小鎮的地面很快迎來一波地震，震波並不大，但有嗚嗚淒厲的地鳴聲自深處傳來，原本熱鬧的街道瞬間鴉雀無聲，所有人似乎剎那同步動作，一致跳上鄰近屋頂往遠端異變發生的方向看去，我們當然也不例外。

出事地點很遠，從鎮內看不見地面狀況，但天空出現的幾個大型陣法卻隱約可以看見。

古代陣法我知道的比較少，只能從染上肅殺的風和空氣裡感覺到那些幾乎位在雲端的術法傳來浪潮般洶湧強烈的殺氣，即使與城鎮距離遙遠，幾乎實質的冰冷威脅仍不斷傳來，屋頂上不少人因此被激出層層保護術法。

雖然我現在可以調動的力量很少，不過還能勉強跟著也設一個保護陣，把我們兩個籠罩在裡面。

天空的幾個陣法很快再次凝聚能量，一道光束從正中間的術法陣直射而下，數秒後，地面再度出現劇烈轟炸，與剛才相同的震動再度往小鎮而來，這次挾帶了一股凶惡的黑色氣息，似乎是那邊正在對陣的人刻意送過來我們這邊。

小鎮立即發出警鳴，加強的守護陣法瞬間被打開，覆蓋在基礎保護陣上，接著是響遍全鎮的數次警告——

「迎戰！迎戰！妖魔進攻！」

周遭原本在看戲的路人們紛紛往四周散去，很快地感覺到各種元素波動在小鎮的四面八方拔起。

不到五分鐘，鎮外圈平空出現好幾個黑色漩渦，大型魔獸從裡面撲出，與守衛者們進行第一次衝擊。

我看向坐在一邊的小喪屍，他又是那種沒什麼力氣的放爛狀態，面無表情地盯著外面的廝殺。

「……不能幫忙對不對。」我隱隱可以感覺到那些魔獸嗜血的漆黑內心，如果轉爲黑色血脈，即使現在只有兩分力，應該依舊能一定程度地控制那些魔物。

小喪屍遲緩地轉過頭，單隻藍色眼睛看向我，冷到幾乎殘酷的神色與鎮外激烈的廝殺聲成爲對比，讓人不寒而慄，彷彿是在告訴我如果出手，身爲時間種族的他會立刻就地將我抹殺。

果然不行。

我站在高處看著白色種族倒下、被魔獸撕咬，斷肢與各種顏色的血液濺灑在土地上，即使擁有剋制魔物的能力，但我們就是不能出手。

這些都是發生過的歷史。

但是還是想出手啊媽耶！

看著一片混亂，我焦慮症都快爆發了。

「你們時間種族在時間之流那些地方觀看歷史時怎麼不會有職傷？」一邊踩腳踩來踩去，我一邊努力不讓自己爆出黑色力量，然後朝隔壁的小喪屍提問轉移點注意力。

「……」小喪屍面無表情地看著我。

「憂鬱症還躁鬱症什麼的。」啊，搞不好其實有，看看那些激進的獵殺隊搞不好就是職業傷害造成，所以和瘋狗一樣不聽人話。

小喪屍徹底不鳥我了，直接沉默看著鎮外爭鬥。

因爲我們兩個一副重傷患模樣，外加一個還太小，所以倒是沒有人要求我們下去幫忙，偶爾有一、兩個好心人丟來一句「小孩子不要在這裡玩快點回屋裡躲好」之類的話語，幸好在屋頂觀望的居民還是不少，不會顯得過於突兀。

白色種族與魔獸的勝負率算是七三比，雙方都有死傷，但顯然魔獸死得多一點，有些被光明術法擊中的屍體當場腐爛，鎮外瀰漫一股強烈的刺鼻臭味。

最後一隻魔獸被砍掉時，原本快被術師封起的黑色漩渦又開始轉動，硬生生轉碎封鎖術法，從那裡傳來比魔獸危險數十倍的力量氣息與壓迫力……我遇過類似的感覺，是魔將以上的等級，從對戰魔獸的死傷狀況，可以知道這座小鎮強大者太少了，術師也不算強，看慣了流越、學長等人，這裡的術師過半都讓我捏一把冷汗。

「不可以。」小喪屍再度發出警告。

我捏住手裡的水晶，咬牙收回去。

漆黑的爪子從漩渦裡探出，通道口像是被人撕扯血肉似地流下濃稠污濁的血水，隱藏在黑色未知空間裡的鮮紅眼睛緩慢張開，屬於魔將軍的強大魔氣衝破漩渦外的術法，瞬時朝四周奔散，其他幾個抑制黑漩渦的術法幾秒內被撞碎，比較靠近的術師正面遭到衝擊，退開大段距離後吐出血液。

鎮外一度危急。

這時，奇異的號角聲刺破緊繃的險惡空氣，自遠處傳來。

彷佛感受到什麼不明的可怕威脅，那隻龐大巨爪突然一僵，連有點距離的我都可以感受到眨眼即逝的不自然尷尬感，就好像本來氣勢洶洶要把整座小鎮爆破掉，結果發現這裡突然出現什麼讓人腳痛的大鐵板。

下方有人認出號角聲，立刻精神一振、捂著傷口對其他人大喊：「援兵！返鎮！全力守鎮！」

小鎮的守衛兵確認援兵身分後立刻傳出訊息，所有人全力擊飛對戰的魔獸後，扶著其他傷兵迅速往鎮裡撤，有餘力的人殿後並張開更多防禦術法，爭取援兵到來前的安全時間。

黑漩渦裡的爪子拋開瞬間的凝滯後不再裝神弄鬼，直接撕開空間衝出來。

這個魔將軍體型龐大，光是鑽出的上半身幾乎就有半個小鎮大，意外地並沒有我想像的那種恐怖扭曲的模樣，不說黑色的皮膚與雙手利爪，形態大致正常，出現的模樣類人形，深邃的五官奇異地很帥，然而他後半段出來時，跟著顯露曝光的是充滿尖銳鱗片的半截下身，大腿以下是幾百條長滿利刺的觸手，沾黏上的大量血水沿著裂縫慢慢地進入現實世界。

「魔將軍魯特利歐，隸屬骷髏魔王。」小喪屍緩緩開口。

還沒詢問這個魔王強度如何，遠方號角再度響起，這次已非常接近，近到魔將軍又是一僵，馬上轉身直撲小鎮，很有某種硬著頭皮先衝再說的緊迫感。

散發悚然氣息的黑色大型術法在他面前張開，逼得魔將軍不得不停下攻勢，同時下方殘餘的魔獸與其他漩渦出現的妖魔猛地一震，彷彿被定住般全體無法動彈，這畫面與我先前控黑暗生物時非常相似，更類似黑王造成的那種驚人規模，整個戰場如同瞬間被按下暫停鍵。

玄黑的身影自天空落下，與魔將軍體型相比，身形小到不行，簡直如同大象與蜂鳥。

但「大象」硬生生被「蜂鳥」嚇住。

持著長刀的黑色身影輕飄飄地停在魔將軍正前，身後是有許多白色種族的小鎮。

數秒後，持著號角的小隊伍乘著數種模樣不同的黑色凶獸而來，不過才八、九人，卻每個都散發恐怖驚人的黑色力量，我甚至懷疑他們很可能個個都具備近似心咒的能力。

「沒想到路過南方戰場，會看見煩人的畫面。」

停留在魔將軍前、背對小鎮而看不見面目的男人輕笑了聲，繡著金線的黑色披風與夜般深黑的長髮在空中翻飛，自信又張揚的聲音傳來——

「喂，不是說過，在我妖師一族路經的地方，你們這種帶著臭味的傢伙都給我滾遠一點的嗎？」

雖然從很多人口中聽聞過久遠年代妖師一族也曾與白色種族並肩抗敵，但那畢竟是存在於他人口中。

我所知的妖師一族一直都在躲避白色種族的追殺，幾乎與下水道的老鼠沒有差異，在白色種族的口裡我們是邪惡、是必殺的罪孽存在，漫長歷史中妖師一族被殘殺到所剩極少，過得比可以在妖靈界定居的妖魔們還要不如。

所以即使我知道妖師曾在世界擁有一席之地，然而實際上一直很難想像影響會多龐大，後來見過幾次白陵然出手，加上凡斯留給我們的記憶畫面，覺得大概也就那樣吧。

持著長刀的黑衣男人單憑一人震懾全場入侵的妖魔，甚至沒有釋出屬於妖師特有的恐怖力量，光是如此，就連魔將軍都不敢再向前動彈一步，切開他與小鎮的那個大型黑色陣法如同某種詛咒，隱隱散發詭異的血光。

被堵在門口的大章魚……魔將軍面對眼前小小的男人，那張帥臉的神情有點窒息，大概就是「如果有選擇的話眞的很不想和對方見面」。

逼不得已，魔將軍仍保持著至高無上的尊嚴開口：「……尊上，骷髏魔王無意冒犯，但這座鎮……」

「我打算今晚在此過夜，你說呢？」男人帶笑的聲音讓魔將軍的表情有點裂開，他彷彿看不見對方吃屎般的臉部變化，愉快得好像是在說什麼很普通的對話：「滾吧。」

「您不是要去自由戰場嗎？」魔將軍一臉視死如歸地掙扎，他非常不想放棄就在眼前的小鎮，不得不繼續開口：「那邊有魔神，您可以不要和我爭奪這個小鎮。」

男人喔了聲，語氣欠揍地回：「妖師一族確實應邀奔赴自由戰場，但我為什麼要聽白色種族的指揮？我高興去哪就去哪，沒有人可以命令我。」

「骷髏魔王……」

「骷髏魔王是什麼屁東西？」男人嗓音突然冷下來，一反剛剛的愉悅，變得陰森幽冷，給人情緒很捉摸不定的詭異感。「還不滾。」

「您……」

魔將軍才剛開口一個字，下方那些被定在原地的妖魔鬼怪突然發出各式各樣的哀嚎，隨即爆裂，骯髒的身體與精神意識直接挫骨揚灰，除了魔將軍出來的黑漩渦外，其他的同被震碎，完全看不出來是剛剛讓小鎮衛兵差點陷入絕望的凶殘對手。

「骷髏魔王聽不懂人話，就試試……」

「真的很抱歉，我立刻撤。」魔將軍在自己一半觸手也跟著炸裂後，馬上退回殘留的黑漩渦裡，恭敬到幾乎卑微。

魔將軍真的依言撤了，斷裂的觸手甩著黑色的血，背影可說狼狽。

男人一揚手，收掉黑色陣法。

小鎮裡各處傳來激烈的歡呼聲。

趕跑魔將軍的人又笑了聲，猛地朝我這方向看過來，因爲過於突然，我沒來得及迴避，與對方視線直接對上。

我怔了下，反射性要離開屋頂已經來不及了，剛剛還在鎮外的男人瞬間出現在我面前，這次我眞的吃驚到沒反應過來。

這個人約莫二十五、六歲的外表，眉眼與部分輪廓竟然長得與白陵然有兩、三分相似，但沒有我所熟悉的那種鄰家兄長悠閒溫潤的氣質，反而狂肆外放，五官也比較俊挺深邃，淡金色的眼睛具備上位者特有的強悍氣勢，光這樣盯著人看，就給人一種己身很微小的自卑感。

類似的目光我在幾個人身上都見過，如大王子、黑王、大哥、狼王、狼神……等等，甚至學長正經時也有。

然而這人更多了種令人恐懼的壓迫感。

不由自主地，我就想對他低頭，同時理解到很可能有一部分原因是我的血液來自於他們，所以隱藏在血脈裡對同族最強者的本能畏懼因此浮現。

「混血？有趣……」男人和一般成年男性相比屬於體型高大的那種，高了我快一個腦袋，他微微低頭，用興致盎然的語氣打量我。「爲何血脈如此稀薄？有誰刻意混雜妖師一族的血嗎？」

我顫了顫，往後退一步。

小喪屍這時剛好介入我們中間，矮矮地張開雙手，試圖擋住男人靠過來的動作。

男人看了眼小喪屍，抓住小孩的手把他從地上提起，上下左右審視一番。「弄成這樣不辛苦嗎？小孩？」

「路過的話，請路過就好。」小喪屍冷冷地開口。

「喔，又在搞什麼呢時間種族？」男人鬆開手，讓小喪屍落回屋頂，他聳聳肩，疑惑的目光重新放回我身上：「該不會是因爲上次擺了你們一道，你們就偷小孩吧？這是怎麼偷混的血，看起來好弱又好醜，你們要偷血混小孩也混好看點，審美觀不行嘖，果然一直盯著世界軌跡看，眼睛都瞎了，要不要去抓隻精靈給你們混？他們輕飄飄、看起來很好欺負的模樣。」

……

……

雖然不知道這到底是我們幾代前的祖先，但眞的很想對他臉來一拳。

小喪屍大概也對男人很無言，重新啓動他的無口技能，只是從下面用一隻眼睛盯著男人冰冷地看著。

還沒壯膽對他臉貓過去，下方先傳來了一波騷動，男人的小隊沒有把凶獸騎進鎭裡而是下獸步行，經過的每條街道不斷傳來陣陣道謝與歡呼，到我們這邊的屋頂下方時，已經集滿了大批鎮民，正在拉著那些隊員說話。

可以看得出來，這時代的妖師在白色種族眼裡還很正常，甚至地位算高，與後世刻意被竄改、或是遭斷層遺漏的歷史記載稍有出入。

「族長。」隊員裡有個人跳上屋頂，看起來是副官一類的輔佐，是個穿著黑甲的中年男性，他朝我們這裡看了眼，沒什麼表情，只是回頭公事公辦地對著男人開口：「在此地夜宿嗎？」

「嗯，我很好奇那什麼骨魔王爲何特地派出將領攻擊這座小鎮。」男人很隨意地下令，兩人的態度不太像上下屬，反而比較像友人。「讓大家去散散步吧，說不定會找到什麼有意思的東西。」

「明白。」副官收到命令後，很快離開屋頂。

「至於你……」男人散去一身壓迫感，變得有點懶洋洋和散漫，帶笑的桃花眼閃過一絲微光，他指指我的左手，「雖然是個很醜的混血，不過也是我妖師一族血脈，過來吧，幫你做個處理。」

已經從剛剛那名副官的稱呼多少猜到這位很可能就是當世的妖師族長，但這個嘴賤到底？

我有點遲疑，在不能觸動世界重大軌跡的前提下，這位妖師族長肯定算在我有多遠就躲多遠的對象名單。

小喪屍抓住我的衣襬，明顯與我想到一樣的事情，小小的眉頭皺起來，拉著我轉頭就想離開。

「嗤，你們時間種族毛病眞多，不能接觸嗎？會影響時間軌跡？還是會觸動世界意識？該不會是不能存在於此的異變？」男人注意到我們兩個明顯的動作也沒生氣，竟然非常準確地猜出我們的顧慮，接著猛然往下一撈，把小喪屍夾到手臂裡，極度土匪地轉身往屋頂下跳。「反正你這狀態無法反抗，後面那個醜的不跟過來，我就把小孩扣留來玩了。」

……哇靠！

「等等有話好說！」這是什麼見鬼的妖師族長！搶別人家的小孩是正常的嗎喂！

「妖師一族從來不與人有話好說。」屋頂下方悠悠哉哉飄上來這句話：「有話好說的都死光啦～」

？

？？？？？？？？

哪來的鬼祖先！

可以揍嗎！

好想揍他啊啊啊啊啊啊！

※

「這樣不是好看多了嗎？」

行徑詭異的祖先把我們兩個打包進下屬臨時租借的大房子後，就把無力抵抗的小喪屍給脫了，手腳俐落地幫他把繃帶那些重新更換捆好，還點了幾個術法塡進那些窟窿裡，最後給小孩換了好幾身……嗯，有點、萌萌的幼兒服飾。

我突然覺得這祖先機車的行爲舉止外，疑似擁有一顆換裝少女心，他在玩小喪屍的新衣服時順手丟了一套衣飾給我，材質和樣式比我昏迷時被替換的好超多。

不得不說，小白貓整理完可愛度眞的提高很多，但怒氣值應該也跟著拔高到頂，畢竟在換裝過程中他幾次試圖對祖先出手，然而比他動作更快、更變態的祖先總是可以適時抓住小喪屍的手腳，然後把他夾著繼續玩換衣服的遊戲。

祖先甚至拿了木梳幫小喪屍梳順耳朵和尾巴毛。

我捂起臉，畫面太美不忍看。

小喪屍硬是撐過了被換一整箱衣服的時間，鬼知道祖先的屬下到底去哪弄來一大箱小孩的服飾，而且他們竟然還很理所當然，彷彿這種事不是第一次發生。

以至於到最後我看著祖先的眼神多了一種「這個人可能要關」的意味。

幸好他把小喪屍打理好、滿足了換衣慾望後，再順手綁個沒有聲音的鈴鐺在小孩手上就把人放了，動作率性地靠坐在鋪滿黑皮草的椅子裡。「我知道時間種族囉哩叭唆的病，就不問你們究竟藏什麼事。但小孩手上的東西還是要處理，不然它會一直汲取你的生命力。」

等等，我正在被吸生命力？我完全沒有感覺！

「這東西的力量比你強太多了，你越級封印到身體裡，就會消耗生命力，如果不是你身上有太多強力的保護術法，應該早死了。」祖先朝我招招手，然後噙著挑釁般的笑容看了眼小喪屍：「我不問任何事，只幫小孩處理封印，不算影響世界軌跡吧，除非他是因為這個死、而你們要見證一個愚蠢混血的殞落。」

祖先果然狗嘴裡面沒有象牙可吐。

但他說的那個保護術法，沒意外的話就是流越和黑王幫大家製作的蛋殼了，難怪我沒死，看來量身訂做不是蓋的，只是不知道消耗掉多少。

「……不算。」小喪屍把頭轉開，悶悶地不看祖先了。

「處理也不是白白處理，作為交換，你們兩人幫我跑一趟送封信吧。」從旁邊桌上的木盒裡隨便撿起根炭條，祖先漫不經心地撥開桌面其他物品，邊說邊直接用炭條在桌上畫出五邊形的圖文咒語，「我們暫時要在這鎮上整頓休歇，你們就代我去落日自由戰場。」

「認眞嗎？」我無言地看著這位好像是在叫我們去超商繳電費的祖先。

「認眞就不會派你們兩個了。」

「……？」是在公鯊小？這祖先沒嗑什麼東西吧？

「不然你就被封印吸死好了。」祖先聳聳肩，一臉「又不是我死」的欠揍表情。

「你不覺得去戰場也是殊途同歸嗎？」他哪來的自信我們去戰場就會存活，平常去說不定會活啦，但是現在不能隨便用力量啊！萬一不小心打到什麼會變動歷史的東西，最後還不是我死啊靠！

祖先用一種無法理解的目光看我：「你這個混血沒有傳承到力量就罷了，逃命的速度也沒有傳承到嗎？」

這是妖師原本都會遺傳逃命速度的意思嗎？

仔細想想，靠我好像還眞的沒有這種速度，說好的遺傳呢？

這沒用的血脈傳承！

「你身邊的強者難道不會想把你脖子擰斷一了百了嗎？我看到很弱的東西連逃命都慢時，會想幫助他重新換個人生。」完全沒有人性的祖先如此說道，表情甚至還很遺憾，如果可以，他搞不好眞的會想送我去換個人生。

「您這個發言地圖砲到世界八成人口。」我面無表情地反駁，按照他這種連魔將軍都會嚇跑的強度，能和他同等速度的存在恐怕並不多。

「啊……所以我時常想啓動世界兵器，弱者佔據過多的世界令人憐惜，不如重來。」祖先的發言越來越危險：「說不定下次會更好。」

「打咩，請收起您可怕的想法。」爲什麼一言不合就想毀滅世界？妖師一族的教育和精神還好嗎？

「你的用語眞奇怪。」祖先畫完最後一筆，把炭條丟開，抓住我的左手腕直接把我整條手臂按到那個黑漆漆的咒文列上，邊吐槽我邊把那堆咒文轉印到含有刺青的手臂，讓咒文覆蓋那些圖樣。「不想啓動世界兵器的妖師都是不合格妖師，即使你是又弱又醜的混血，也應該要有一顆想使用兵器的心，試想一輩子可以開次世界兵器，不覺得很值得嗎。」

不然你一輩子是想開幾次？

開一次世界就毀滅了好嗎喂！

疑似反社會的祖先把圖文印好之後，一根手指點在我的手臂上，瞬時黑紅色的光芒在他指尖下出現，蔓延到我的手臂，立時遊走在咒語之間，一點一點地逐漸剝除刺青。

祖先還繼續惆悵地說：「我父親臨死前，唯一心願便是徹底解放世界兵器，妖師一族雖然可以使用部分力量，但永遠看不見我們全力施展的模樣，真是讓人哀傷啊，不知道在所有種族開始怨恨我們之前，有沒有機會試用看看。」

我默默地覺得，該不會妖師一族後來被仇恨、追殺，就是這要死的祖先真的「試用」過吧！喔靠杯這樣就不得了了，之前看妖師的本源歷史書也沒有提過這種事情啊！

但從他的話裡可以推斷，這位至少不是一、二、三代的妖師，因爲他上還有個同樣反社會的老父，其他話語中也都顯示妖師一族運作正常，那至少已經過兩至三代的立足與地位鞏固。

「看來你來的地方還算和平啊。」

我聽到這句話時猛地抬起頭，正好對上祖先有點淺的淡金色眼眸，他雖然還是那種很擺爛的神情，但眼神始終清澈到像完全透析人心，秒讓我背後一股冷汗流下。青年彷若沒有看見我驚恐的反應，依然噙著那種不正經的笑，把我手上的刺青完全剝下來。「千眾和百塵那幾個傢伙都在落日戰場，真的危急時躲在千眾那些傢伙後面，至少會有精靈過來當肉墊，別怕。」

……？

把精靈當砲灰嗎？

我是知道千眾沒戰力所以其他種族會主動保護他們，但不要理所當然把人當擋箭牌啊啊啊啊！

「百塵……也在戰場？」沒想到這時代的百塵還沒叛變嗎？我有點在意，沒有叛變前的百塵一族又是什麼模樣？

已知他們當年對白色種族過於不滿，加上後來異靈因素導致全數扭曲，隨後莫名屠殺整個千眾，讓陰影和黑暗毒素侵蝕、無法可治，導致後來鬼族數量爆炸，妖師一族也成爲快被所有種族驅逐的罪人。

所以聽到他們現在還在戰場，與白色種族聯手對抗外敵反而有點新鮮，但無論如何，我對他們還是抱持很大意見。

「對，所以你送封信去千眾，我會找個傢伙帶你去，有興趣的話也可以在戰場鍛鍊，畢竟是我妖師一族，不該如此軟弱。」祖先把黑色刺青揉成一團，粉碎的烏黑咒文眨眼化爲灰燼，蒸發在空氣中。

我看了看小喪屍，他沒反應，不知道是還在時間可修正範圍內，又或者他現在賭爛妖師族長不想開口。

「連。」

「什麼？」我轉回目光，沒聽清楚剛剛祖先說了什麼。

男人笑了下，說出一個我完全沒聽過的姓氏，不是白陵，也不是千眾或百塵。

「你們可以叫我，連。」

第九話　奔赴戰場

反社會祖先剝離完刺青後又教我幾個術法，總算將左手的封印處置完畢。

雖然不像先前那樣劇痛且無法動彈，但還是有後遺症，左手動作遲緩許多，變得局部麻木，套句祖先說的話，因爲我的肉體太弱了，爛到令人髮指，所以沒法適應封印術，只能繼續這樣殘廢，直到我把封印的內容物弄走爲止。

隨後祖先就跑了，晚餐後才有人替他丟了一封信給我，捲起來的信件上有層層術法，敢開就爆炸，我只能收好，並與送信者約定時間準備離鎮。

這裡就要說一句這個祖先雖然有點神經病，不過居然包吃包住，屬下拿錢過來幫我們結清旅館費用，又購買大量食物藥物衣物讓我放進儲存術法裡，最後在鎮外牽來一隻黑色猛禽，背上的鞍座都擺放好了，簡直周到。

帶路的妖師族人是個沉默ＢＯＹ，戴著一張黑面具、無法得知眞容，不過他實力很強，我們剛出鎮沒多久就遇到魔獸從天上撲來，這位大哥直接一刀暴擊，魔獸當場生命條歸零，從高空墜落，在地面成泥。

「歷史上該不會其實是這位大哥自己送信吧？」我看我的功能就是擺設用，所以小小聲詢問坐在前面的小喪屍。

小喪屍點點頭，把斗篷帽又往下拉了拉，他現在穿著一身黑衣，樣式倒有點像他以前穿的那些，不過手腕還掛著祖先綁上去的無聲鈴鐺，不曉得有什麼作用，竟然沒被拔下來。

看來原本的歷史就是大哥單槍匹馬送信到戰場，很可能也在那裡停留一陣子……就不曉得接下來我們如果去戰場，可以對魔獸動手嗎？還是只能跑給牠們追？

經過一晚的休息與祖先的術法幫忙，我的黑色力量目前恢復五成，白色四成，魔龍和米納斯依舊沒有反應，兩顆幻武石像在我身體裡面沉睡了，我只能緩慢地把我恢復的力量各自餵給他們，一番操作下來，原本復原的量又減少，到傍晚時剩下黑色三成、白色三成。

魔龍連昏迷時吃得都比米納斯還多。

幸好這個時代空氣蘊含的元素和能量異常濃郁，所以恢復速度比現代快很多，我完全可以體會當初白精靈選擇退出世界，以及現在生活不易的狀況，空氣品質根本一個天、一個地，空污前和空污後，古代空氣的能量純度差不多可以當氧吸了，超舒服。

如果說回到現代時可以帶個伴手禮什麼的，我會很想帶這個——清新遠古環境。

我們陸續趕路一整天，終於進到落日戰場的邊緣，空氣逐漸變得混濁，四處都是妖魔與魔獸的氣息與黑血毒液，還有許多被溶開的土地盛滿了那些髒污液體，奇異的扭曲形體自裡頭生成，又是一波魔獸爬出。

路上逐漸能看見一些種族組成的小隊伍在殲滅魔獸，沒多久，信使大哥操縱著他的騎獸飛過來，並丟給我一個包裹，打開裡面是幾身斗篷和面具，款式與大哥身上的一模一樣。

接著，這位兄弟說：「前方兩百公里處有千眾的駐點，族長要你鍛鍊，請自行到達。」

我還沒反應過來他的意思，我們的飛獸整個一百八十度倒過來，當場把我與小喪屍直接投擲在戰場中。

「靠——」

妖師一族是不是有毒啊！

還好我之前在獄界也常常被亂丟，直接抓住小喪屍召來風元素，這才平安降落。馬的他們的準備確實很充分，我大概知道那位信使大哥最後丟包裹的意思，但不知道是他的安排還是反社會祖先的安排，總之先快速穿起斗篷和面具，小喪屍表示他不用僞裝，因爲他本來就掛了，不要出手就不會影響任何事。

天空上的妖師信使已不見蹤影，我深深吸口氣，調動黑色力量，擋住朝我們衝過來的狼形魔獸，反手捏符握住爆符槍往魔獸腦袋開槍。

兩百公里嗎？

你這個混蛋祖先啊啊啊！

接下來的日子就是——

我在打魔獸，小喪屍坐在旁邊。

我在打妖魔，小喪屍坐在旁邊。

我在打魔獸加妖魔，小喪屍依舊坐在旁邊。

如此反覆循環，偶爾小喪屍眞的看不下去我的連滾帶爬還會指點幾句。

幸好信使大哥良心未泯，他幫我們置辦的行李裡有好幾盒小型陣地術法的水晶，累得半死時還可以打開當臨時安全點休息，壞處就是遇到比較強的妖魔會被打壞防禦壁，只能繼續打魔獸打妖魔打魔獸……

畢竟現在不比獄界有黑王或深在後面盯著，也沒有公會或熟悉的人們可以求助，爲了不讓自己和小喪屍眞的死在戰場，我竟然就這樣被逼得狗急跳牆，硬生生把學校和獄界、旅行中所學的各種知識都掏出來不斷使用到近乎熟練，一些白色和黑色術法的轉換調動直到後來不用過腦也可反射甩出去了。

誰會相信我這個小廢物居然都學會利用簡單的移動陣把魔獸一刀兩斷了呢。

果然免費最貴。

當初他們包吃包住包行李時就該察覺不對。

附帶一提，我覺得可能魔龍的烏鴉嘴也有點應驗，畢竟來之前他才對米納斯抱怨我會擺爛的問題，現在好了，所有人都不在，我還眞的沒辦法擺爛，必須徒步走完這兩百公里。

不是我不想用移動性術法，但我沒有座標啊靠。

越往戰場內走，四周也開始陸續出現其他打怪的冒險團，有些人認出這張面具，好心地詢問要不要與他們組隊。

擔心被發現眞實身分遭世界意識碾掉，我只能含恨拒絕，繼續刷怪刷等級，每日一次祝福我那個缺德祖先轉角遇到愛。

又一次砍下魔獸的腦袋……對，我在小喪屍的指導下，連刀都學會了一點，碰到開槍不能解決問題時，只能拿從妖魔屍體搶來的刀砍，剛開始超不會，刀還反彈差點戳到自己，砍了幾天就開始習慣了。

感謝祖先，今日也是祝他身體健康的一天。

因爲被一堆魔物纏身外加被追趕偶爾會跑錯路，兩百公里走了大半個月，終於進入種族聯合大型駐地時整個累到不行，渾身破破爛爛，所有物資見底急須補充，然而最讓人崩潰的還不是這個。

——千眾前不久換據點了。

靠！

我無法得知千眾和我是天生犯沖還是有哪個反社會傢伙在搞我。

總之，從情報小販那邊聽到這消息的當下，我面無表情地支付完費用，面無表情地拖著刷怪時掉落的各種物品去駐地總部換取傭金，最後面無表情地去綠妖精族的據點租了小帳篷趴進去，先逃避個三天現實再說。

渾渾噩噩從昏睡裡甦醒時，外頭一片黑暗，已進入深夜的種族據點不算十分安靜，有悠悠的音樂聲響，不知哪來的種族在吹葉笛，曲調簡單卻很悠揚，還有跟著輕輕吟唱不明歌謠的柔美嗓音，聽起來相當舒服，似乎也有些紓壓功效。

我從簡易毛料被褥裡爬出來，正好看見小喪屍端著一大碗白色東西進來。

這段時間被丟進戰場，我們兩個還眞有點相依爲命的感覺，我被魔物揍個半死癱在陣地結界等回血時，也是他弄食物給我吃。

雖然不說話，但可保證不餓死。

「我睡多久了？」抓著腦袋接過那碗熱呼呼的物體，聞起來是煮得很糊的米粥，還有點肉味，用木匙舀了舀，底下果然滿滿的蔬菜和肉塊。這段時間雖然有糧食，可是平常幾乎只能吃冷的，現在有熱食眞讓人感動。

小喪屍比了兩根手指。

昏睡兩天嗎？

不過全身的痠痛和大小傷勢差不多都快復元，除了沒什麼用的左手仍是老樣子，看來花點錢向綠妖精租用治癒帳篷還是很有必要，在戰場這段時間聽其他冒險者說的，來到種族們的大駐地之後一定要去綠妖精那邊躺躺，沒有精靈提供的那麼貴，多殺兩、三隻魔獸就可以享受。

吃飽休息夠了，雖然精神遭到打擊，但人生就是這樣，被打擊一次還有下一次，再怎麼逃避都只能面對，然後把氣出在敵人身上。

我重回情報小販那邊打聽千眾的去向，這不算什麼高級情報，應該說有點地位的種族們大多知道，千眾在七日前收到千眾首領調派，前往落日戰場的南端駐地，我和小喪屍所在位置是北端駐地……累了。

到底什麼怨什麼仇？

「您是玳儡閣下嗎？」情報小販收好錢後突然反詢問我。

玳儡是這張面具的原主人，也就是把我們高空拋物的那位信使大哥，這是在殺妖魔的路上從別人嘴裡聽來的，沒想到那位妖師大哥居然小有名氣，是族長的親信，時常在戰場上遊走，替妖師族長帶重要指令或物品給各個同盟。

我拿到面具和斗篷後就知道對方要我使用他的身分，不知道算不算歪打正著，一路走來都沒有被世界意識抹掉，看來應該是有卡到ＢＵＧ。

「有什麼事嗎？」我問道。

「您是從草地鎮過來的對吧。」

那是最開始我們被獸王族帶去的小鎮，聽說以前小鎮外面都是超美的綠地，後來妖魔橫行時燒光了。

我點點頭，小販繼續說道：「草地鎮半月前被妖師一族封鎖，不少難民被送出，據說是魔神降臨，死了半個鎮的人，您有確切的消息嗎？」

魔神降臨？

我眼皮跳了下，所以我那個反社會祖先直接和魔神對上了嗎？

想起那個詭異的章魚魔原本想勸退祖先的畫面，不知道這與他們想搶小鎮有沒有直接關係，然而這已是半個月前的傳聞，聽情報販的意思，小鎮現在應該還被封鎖，如果有進一步消息他就不會找我打聽，也就是祖先他們很可能還在鎮裡。

……但我也不可能現在回頭。

向情報販表示我沒有新消息後，有點心神不安地回到帳篷整理行囊。

接下來轉往南端的種族駐地，有了前面的經驗也補足物資、取得戰場地圖之後，避開可能會出現魔將或魔王的戰場中心，這次往南的速度快了不少。

南端駐地比較靠近戰場中心，也與現在這駐地距離較短，所以耗費的時間比先前少，後來路上逮到一隻智障的魔獸加以控制充當騎獸，最終我們僅花三天就看見駐地旗幟。

報出自己送信的任務，門衛指引我們前往千眾的據點。

原先我設想可能會碰見一些千眾的名人，例如魔龍他們說過的忘月，然而沒有。

這裡的千眾只是小分支，本支去了世界最大的自由戰場，協助妖師本族與其他七族共同抗衡更大的邪惡與危險，據說還必須支援修復空間裂縫與世界保護等等……落日戰場這裡算是比較小規模的妖魔衝突，主要是有一條被魔王打開的連接點，魔王不知用什麼花招把這個通道口藏起來了，到現在還找不到連接處加以封鎖，但已經有個大概的方向，中心戰場就是被圈定的可能位置。

接待我的千眾是一名很有氣質的優美女性，穿著千眾一族特有的長袍，她接了我帶來的信，安排休息處給我，經過治療帳時可看見裡面果然黑色種族居多，數位千眾醫師正穿梭在裡頭，替這些黑色種族及零星白色種族拔除毒素。

「我們能夠治療大多黑暗毒素引起的影響與扭曲。」受命領路的千眾少女頭上有支非常漂亮的鈴蘭花髮飾，略有些稚氣的小臉帶著自豪的微笑告訴我：「還治療過許多精靈與時族，這些過於純淨的種族常常會被邪惡盯上，很容易因爲浸染黑暗而快速暴斃，或是留下暗傷，我們可以替他們剪除這些威脅。」

的確，如果不是因爲千眾能夠做到這些，就不會有許多白色種族願意庇護他們，而他們也因爲相信其他種族才放棄武力，潛心全力研究醫術。

雖然這也是日後整個千眾覆滅的原因。

看著活生生的千眾一族忙進忙出地救治傷者，我卻不能提醒他們未來將發生的慘事，只能低下頭不敢再看，倉皇地跟著少女去休息處。

接下來又過了兩、三天，我沒有繼續在休息處擺爛，等待千眾回覆我之前，就在駐地領一些清除魔物的任務出去打怪練手刷經驗值，駐地目標大，每天都有妖魔照三餐來騷擾，精靈和羽族設置的陣地結界他們打不進來，還不死心地驅動魔獸潮撞擊大結界。

魔獸潮也是種很煩的東西，牠們死後累積起來的體液會再養出新的魔獸，堆積的屍體也會，甚至還有屍體山直接重組、扭曲成一頭巨大的變形魔獸。這時候就須要白色種族進行淨化，當然黑色種族也可以針對魔物進行毀滅啦，但白色種族的淨化可以連土地一併整理，當然還是以白色種族優先。

第三天，我沒有等來千眾的回信或交託物品，氣質美女仍帶著那種優雅的微笑告訴我可以不用回小鎮，如果我沒有其他的事，就留在南端駐地繼續協助戰場，落日戰場這邊差不多快要鎖定出眞正的妖魔通道，過一段時間會進行聯合攻擊，屆時需要極大的戰力，這幾天各地種族已派出後援戰士進入駐地，都在等待一個最合適的時機。

不知道爲什麼，我總覺得哪裡怪怪的。

即使這裡需要不小戰力，但你們本家族長很可能還和魔神關在一起，不去幫忙可以嗎？

氣質美女彷彿沒感受到我的疑問與糾結，微微笑著讓少女把我帶回去臨時住所。

❀

「我覺得不對勁。」

蹲在小喪屍的椅子前，我邊嚼著肉乾邊把自己的想法告訴對方：「他們明明知道我不是玳倜本人，把我留在這裡是什麼意思？」

抵達第一天，我就發現千眾知道我不是信使大哥、甚至不是他們的妖師成員，不然那位帶路的少女也不會介紹治療帳，不過她們沒有說穿，可能有先接到什麼指示吧。

但把我留在自由戰場？

我那個反社會祖先難道真的想把我拗在這裡進行年度訓練嗎？

不合理啊，我們其實不熟，他又嫌我醜，沒道理會刻意幹這些事。

小喪屍微微偏著頭，沒回答我的疑問，就和過去這些日子一樣，繼續保持沉默。

反正我也很習慣他無視我，該說他沒把我丟著自己跑路就已經神愛世人了。

於是我蹲在地上想了十多分鐘後，決定聽從自己的直覺和心，提出：「我想回草地鎮。」

非常在意魔神降臨和祖先，而且總有種非常不安的感覺，這種感覺在我被丟到這裡之前也曾出現過，然後就遇到百塵那群腦殘和邪神碎片的偷襲。

說到底，我還是不知道左手封印的這玩意是什麼鬼，在戰場上也不敢取出來查看，而米納斯和魔龍、老頭公在我把他們的幻武石與手環餵滿修復後，我發現他們很可能是因爲時空轉移被某種力量強制入眠，而非原先想的被邪神碎片襲擊。

「你……」小喪屍終於緩慢地開了口，停頓了數秒後搖搖頭，很輕地回了我一句：「回去吧。」

「嗯！」我用力點頭，把最後一口肉乾嚥下，立刻起身開始收拾行李。

其實也沒有什麼東西好收，重要的都放在儲物術法裡，大致就是整理下借用的被褥等等物品，最後穿戴好面具與斗篷，帶著小喪屍往外走。

這段時間獵到的魔物換成賞金後全都兌換成物資和食物，水晶也已塞好預做的咒術和陣法，路上再抓一隻魔獸來騎，回程應該可以花更少的時間。

正在盤算要不要逮會飛的魔獸時，一道纖細身影突然擋到我面前，我愣了下，才發現是這幾天幫我帶路的那名千眾少女。

少女往常明亮的杏眼這時眼尾卻有些紅，精神看來也比較差，原本精緻的髮飾沒有如往常戴著，她身上還穿著治療時使用的醫療袍，可能是剛剛從醫療帳裡出來，而某些生命又在那裡面永遠離開。

「這個……」少女微微笑了下，彷彿知道我離開的打算，她抬起有些顫抖的手，將一個木盒遞給我：「請幫我交給玳儡。」

「我……」

「拜託你了。」少女用力地把盒子塞到我懷裡，指出條路便扭頭很快跑遠了。

我注意到她還在抹臉的動作，只能收好木盒，如果這次回小鎮沒遇到信使大哥，就託請祖先幫忙轉交給對方吧。

沿著少女指的方向走，一路上沒有遇到衛兵或是攔阻的千眾族人，非常迅速便脫離了種族駐地。

看著夜間黑漆漆的道路與天空，周遭還有濃烈的臭氣與隱藏在黑暗裡的邪惡蠢蠢欲動，我抓抓頭，覺得果然還是抓一隻會飛的魔獸比較快吧。

小喪屍突然拽了我一下，打斷我準備釋出黑色力量吸引魔獸過來的動作，他取出一片不知哪來的白色葉子抵在嘴唇上，發出細小的綿長單音，大約持續了十秒左右就收起來，無聲地望著天空。

雖然不知道他要做什麼，不過我還是陪在原地等，順便放幾槍打退想要過來偷襲的魔獸，在這種元素充沛的環境裡，魔物的氣息真的非常明顯，尤其這種等級很低的不會藏匿氣息，簡直像是在冷氣房裡放一顆臭雞蛋。

差不多五分鐘後，漆黑的天上突然有巨大的東西朝我們這邊衝來，還捲起周邊氣流。

我正想著原來他還有這手可以招來飛獸，沒想到下秒一個巨物直接砸下來，硬生生在我們前方砸出大坑，雖然有保護術法，但颳來的風把我逼退了好幾步，待塵土略平息後，才看見是一隻廂型車大的蝙蝠類魔獸頭朝下地砸進大地，雖然看不見深入地裡的腦袋怎麼了，但看這個姿勢大概不樂觀，可能都變成漿了。

把魔獸踹下來的另一隻飛獸威風凜凜地踏著風降落，一爪子還踩在掛掉的魔獸尾椎上，很明顯就是魔獸擋路了，被牠從高空來了一發流星入土。

我看著眼前超大的白色……烏鴉。應該是烏鴉吧，看起來很像烏鴉，但是有三隻爪子，類似傳說裡的三足烏，可是體型大很多，而且顏色完全相反，雪白的額心還有條金色線紋。

「走。」小喪屍三兩下跳上白色烏鴉的背脊。

我看著白烏鴉的金眼睛睨著我，趕緊跟著爬上去。

白烏鴉發出一記尖銳長嘯，張開巨大的翅膀，倏地急速衝上天，順便又踹了一腳旁邊靠過來的飛行魔獸，砸到地面的聲響這次被拋到了大後方。

「你要怎麼做？」

原本以為小喪屍只是看不過去幫忙提供幻獸，但我才剛設好保護術法把我們兩個固定在羽毛裡，就突然聽見他的問句，霎時還以爲是我腦子灌風耳殘聽錯。「什麼……？」

「回鎮上，做什麼？」小喪屍重複了一次問句。

呃，這問題眞的很好。

老實說，在遵守時間規則的前提下我什麼也不能做，加上雖然我覺得很不對勁，但其實講不出來哪裡不對勁，只知道他們很可能是想把我留在戰場，另外就是小鎮即使眞的發生大事，那也已經是半個月前了，說不定魔神老早在那邊滾完一圈跑到別的地方。

現在回去的我，說到底只是想安心而已。

想不出來什麼偉大的理由，我實話告訴小喪屍。

「嗯。」小喪屍聽完也沒有說什麼。

白烏鴉就像夜裡一道刺眼的光，劃破了戰場上的黑暗，中途零星遇到幾次魔物追上來，不過本身很凶悍的白烏鴉也不畏戰，三隻銳利的爪子三兩下就撕碎魔獸，順便還噴出白火把掉落的屍塊燒成碎灰。

這讓我們回程突然變得很輕鬆，彷彿來時花費大半個月的時間都是打假的。

迎著風吸收夜裡的黑色能量，我微瞇眼睛看著身邊趴在羽毛裡的小喪屍，鬼使神差地突然問出一句：「你後來選擇怎樣的夢？」

當時魔龍讓他進入沉眠，我請魔龍和米納斯為他置入大量夢境，很多都是平凡的生活，屏除那些打打殺殺與種族仇恨，只是最終他選擇哪些米納斯從來沒說，我也不敢問。

我以為小喪屍不會回答我這個問題，會像往日般繼續保持沉默。

意外地，他回了。

「沒有。」淡漠的稚嫩嗓音只給我兩個字。

「……？」沒有？

我愣了幾秒，反應過來他的意思時突然感到心酸。

「你不想作夢？」

「嗯。」

沉眠裡，他什麼都沒有選擇，也拒絕了米納斯想替他置入的夢境。

他只是，一直在沉睡。

「如果……」

頓了頓，我沒法把話說下去。

如果他沒有那麼倒楣碰到我。

如果他沒有與其他的重柳族不同。

他應該還活得好好的，可以去想去的地方做自己的事，而非現在這樣透支靈魂力量棲身在一小團屍體裡面。

「你沒有錯。」小喪屍轉過來，剩下的單眼靜靜地看著我。「很多事，是必然，如果你沒有背棄信任你的人，那就不用愧疚。」

「我……」

「至少，你身上沒有無辜者的血味，我依然相信你。」

※

白烏鴉速度很快，一個晚上過去牠已脫離戰場。

越靠近小鎮外圍，我越可以感到那端傳來巨大又強烈的邪惡意念，如同實質的惡意凝聚成大大的罩子，完全覆蓋了小鎮周遭。

把水晶扣在右手掌，前方給人的感覺過於糟糕，完全可以預測靠近後立刻就會迎來惡戰，有著一樣想法的白烏鴉放緩速度，並沒有貿然衝進去，而是展開翅膀沿著那層「罩子」滑翔，肉眼可見的地面呈現焦黑，土地上覆蓋著大量毒素與黑色液體。

放眼望去是滿滿的破碎屍體與遭到腐蝕的骨骸，空氣裡全是血腥、毒臭和屍體腐敗的濃稠氣味，不僅有妖魔與妖師，還有各種族的死亡氣味，屍堆裡甚至能辨認出有精靈及羽族。

離開小鎮時，鎮上還沒有這兩個種族，顯然是在鎮上發生巨變後，他們才就近馳援。

靠得更近後見到那層「罩子」外還籠罩更多術法，比較明顯的是精靈泛著銀光的純元素陣列，一層層儘可能把「罩子」收攏在小鎮裡，粗略就有五、六層，更別說還有其他不同於精靈的術法環繞。

白烏鴉轉了幾下頭，沒看見較好的降落位置，繞著鎮外又盤旋了幾圈。

情報販說小鎮毀了大半，但現在情況比他所說更加嚴重，小鎮差不多只剩下十分之一左右，其餘地方除了建築全毀、被焚外，還像外面的土地一樣被覆上黏稠的黑液與毒氣，從裡面孳生的有害爬蟲密密麻麻，幾乎可用萬頭攢動來形容。

雖然那個惡意罩子存在感很強烈，不過靠近仔細感受後，我發現似乎沒有想像中可怕，即使過於接近有點壓迫到讓人喘不過氣，但不到完全無法動彈，先前與學長他們殺死墮龍神時面對的壓力反而比較大。

難道和小販所知不同，其實魔神沒有降臨嗎？

我看底下滿街亂跑的似乎都是魔物，皺著眉思考。

最後白烏鴉朝僅剩的那十分之一外圍飛去，那裡的惡念比其他位置稀薄了些，但罩子依舊厚實。我們運氣算好，白烏鴉找好落腳點、踹開了一隻魔物後將我們安全送至地面，正好這時附近有白色種族的氣味靠過來，明顯是看見白烏鴉的動作往這邊來探虛實。

我翻轉了下有段時間沒用的白色種族血脈，釋出自己的氣息，那端藏著的人也飛速拉短彼此距離，其中一人揭開藏匿術法，現身在我們面前——是學長炎狼那邊的祖先。

「艾利曼小姐？」我嘗試喊了聲。

美艷大姊意外地盯著我的面具和斗篷，接著目光向下看了眼小喪屍，有些疑惑：「你……是那個玩很大的小朋友？爲什麼玳傐的面具……？」

「呃，這個有原因，不太方便說明。」而且我也不是玩很大好嗎！已經把我定型了啊喂！

艾利曼露出一個了然的詭異表情，沒有繼續追問身分問題，她先帶著我們與縮小的白烏鴉去到附近一處廢棄空屋，這是他們落腳的臨時安全點，屋裡還有幾名傷勢嚴重的獸王族，看見我們兩人到來紛紛抬起頭，黯淡的目光掃了眼後又垂下視線。

我注意到這些人的傷口都纏繞著黑暗氣息，在小喪屍點頭後，暗暗地調動力量，將那些不祥玩意抽走，隨後向艾利曼詢問狀況，她倒是沒什麼隱瞞，很快地幾句話解釋我們離開後發生的事情。

從小鎮前往戰場的隔天，就如情報販所說，草地鎮在完全沒有預警之下迎來了魔神降臨，因爲事發突然、毫無預兆，甚至連鎮上的一些預言師都沒有提早預測有這麼一難，當下半個小鎮被毀，死傷無數，另外一半則是多虧妖師族長在此，及時保下鎮民。

也因此，魔神降臨前的鮮血獻祭似乎沒有完成，魔神無法完全穿過世界自身的保護眞正到來，給了人們喘息的緩衝空間。

妖師族長因此逮著機會，硬是封掉整座小鎮箝制魔神至今。

「倖存的鎮民們我們分批陸續送出去，雖然魔神被抵擋在空間通道，但吸引而來的妖魔數量不少。」艾利曼神情有些複雜地嘆息：「這段期間折損的武士……」

我們從外面來，當然看見滿地的慘烈。

爲了不讓妖魔闖出，進入城鎮的結界後基本上無法離開，他們護送鎮民時也只能很小心地打開一小條通路，每天送出一點點，立刻又要關上結界，否則妖魔會立即趕至。

「不知道該不該說幸運，妖師族長路過此地正好趕上魔神降臨前夕，否則你今天回到這裡，看見的應該是只剩一片遭到肆虐的死寂荒土。」艾利曼抬頭看向天空仍舊運行中的黑紅色大陣法，那裡堵住的是被撕裂的時空洞口，彼端有著狂怒的魔神，本該湛藍的天空爬滿青紫色裂痕，與在外頭看完全不同，有種極度詭異的割裂感。

我抬頭看著扭曲的天空，心裡的不安滿溢到頂點。

即使沒有正面接觸過魔神本體，但光是異靈就足以把我們搞得翻天覆地，妖師族長再怎麼強悍，眞的可以臨時單靠那幾個人堵住魔神這麼久的時間嗎？

狼神他們當年要堵某些東西時可是徹底犧牲了。

羽族更是拿整個城市去對撞魔王。

幫艾利曼一行人又清除了殘餘的黑色氣息後，他們替我指了條比較安全的路，我和小喪屍立即啓程去妖師一族目前所在的安全點。

其實也不難找，比起周圍被搗毀的地方，越靠近安全點，堆起的魔物殘骸就越多，最後竟然還有掛掉、被碎屍封印的大妖魔，非常徹底體現出他們有多急於把妖師一行人切掉。我也陸續弄死幾隻徘徊在周邊的魔獸，這些東西強度不低，有幾隻應對起來滿吃力的，但還在可抗範圍內。

很快地我們遇到在外巡守的妖師族人，並且還是見過面的人。

當時跳上屋頂的那位副官乍見我們時露出刹那的意外表情，不過也就短短半秒，他朝我們比了個手勢，表示先進入覆蓋陣地結界的屋內，就是最後見到妖師族長時他使用的下榻處。

屋內大廳比之前寬廣很多，一些無用的家具雜物都被撤掉，只在中心擺著很大的桌子，桌面畫了一個巨大且繁複的術法陣，邊圈擺滿各式各樣水晶玉石等等……基本上可以存放能量的東西都出現了。

幾名高級術師站在桌邊維持術法陣運轉，這些術師不全然都是妖師，而是由好幾個種族組成，裡面竟然還出現一名金髮的精靈，除此之外大廳往來的人相當多，不少是曾出現在冒險者大廳的旅人。

「這是封鎖城鎮與魔神的主陣法。」副官很簡單地告知桌面術法的用途，與幾名術師點頭打過招呼後就把我往屋後帶。「族長說如果你愚蠢折返，就先將被託付的物品交予主人。」

「？」我有點疑惑，不過還是跟副官沿著走廊走了一段路。

從大廳離開後穿過幾條走廊，然後經過失去生機的庭院，接著一轉走到屋側，此時已經離開大房子，進到了隔壁的屋所，看著旁邊開始出現排列的石棺，我的心情不由得越來越沉重。

能探知到屍體的石棺大多都封閉著，但可以從殘留的死亡氣息感覺到裡面永遠安眠的種族，其中甚至還有先前把我們帶過來的獸王族帕歐，他避過了妖魔的追殺、帶領族人來到這座小鎮，最終仍然沒有躲過死亡。

而且按照後來陸續嗅到的死亡氣息，當時逃出生天的人恐怕最後都沒有留存下來。

我忍不住看了眼默默走在旁側的小喪屍。

所謂偏移修正，就是如此嗎？

我當時使用妖師力量沒有被世界意識懲罰，是因爲無論如何，他們還是會前往安息之地。

歷史輪轉，終回到正軌。

副官把我們帶到房屋旁側一個獨立的小房間，這裡的石棺只有兩、三具，全都是妖師族人的氣息，當時帶來的全是族長身邊的親信高手，所以死亡後屍體強盛的能量還未完全散盡。他推開右邊那副石棺的棺蓋，露出裡頭閉著眼睛的蒼白俊秀青年。

青年的臉我不認識，完全沒有看過，但擺在他胸前的面具與我臉上的一模一樣，連那身斗篷也如出一轍。

「玳儡當日折返後，正好趕上魔神撕裂空間，他與族長擋在最前方。」副官淡然地開口：「原本族長打算將他送至他的未婚妻身邊，但他回來了，並且因爲身分因素，還無法將他的死訊傳遞出去。」

身分因素，就是被我使用中，所以他在外界還「活著」。獨身送信去戰場，協助清理戰場，直到這幾日才轉回小鎮，未來的歷史多半也會如此記載。

「玳儡的未婚妻是……」我取出那個木盒，其實已經有了答案。

「季語，是一位非常喜歡鈴蘭花的千眾女孩。」副官回道。
木盒打開，是那位領路少女頭上常常插著的鈴蘭髮飾。
我小心地取出髮飾，放到青年胸前，與面具並列。

第十話　註定的歷史

我們從小房間裡退出來。

返回大屋的路上撞見匆匆走來的金髮精靈，在大廳有聽其他人提過幾句，外加精靈沒有遮掩自己的力量，所以知道這是一位星辰精靈。

「副陣裂開了。」星辰精靈面色凝重，憂慮地說道：「很可能就是這一、兩日，爲何妖師族長依然不願讓吾族進入？」

副官看了我一眼，並沒有避開我們，只沉沉地對星辰精靈說：「族長認爲，進來送命不如在外做好最完全的準備，主陣破碎的同時由外界發動殺戮陣法，至少收去魔神半條性命，我等也是爲此箝制魔神降臨。」

「但……」精靈皺起姣好的眉，一雙淡紫色眼眸塡滿了不忍，他微張了張嘴想說點什麼，然而還是把那些勸說都吞了回去，只嘆了口氣：「星辰精靈從不畏懼對抗異界邪惡，但吾等希望妖師族長能從此處離開、保留黑色種族最大的力量，畢竟自由世界需要的並非此次犧牲，必要時吾等願意留到最後。」

「星辰精靈亦然。」副官如此回答對方，低頭做了個祝福的手勢：「高階精靈術師的培育不易，請閣下務必保重。」

星辰精靈憂心忡忡地繞開我們走了。

雖然副官沒有對我們解釋什麼，不過從剛剛的對話來看我可以猜得出來，恐怕是上面堵住魔神的陣法差不多到達臨界點，等副陣破到無法運轉之後，這裡就要徹底掰掰了。

我們再次被帶到後方的小院落，那裡有間比較大的獨立建築，比起大廳的人來人往，這裡安靜許多，外面沒有安排守衛，只有一股似有若無的黑色氣息隱隱約約環繞在建築周圍，看起來好像佛系隨風飄散，但我可以感覺到裡面蘊含了很熟悉的心咒，如果有人抱持著惡意踏入領域，恐怕無法活著從這裡走出去。

副官只帶我們到門口。

推開門，屋內意外地還算明亮，幾顆發光石頭被嵌在牆壁上，看起來像隨手射進去的，放置位置毫無規律，右手邊有張矮桌擺放著做工粗糙的石碗，裡面點燃一些藥草，味道不重，縷縷清香壓下原本該有的血腥氣味。

「蠢蛋。」

慵懶的嗤笑聲從屋內主位處傳來，一張鋪滿毛料的躺椅取代了室內原先的木椅，半靠在上頭的人打從我們一進屋就沒移開注視，淡金色的眼睛帶有某種嘲諷的意味，但並沒有惡意，只是單純覺得來人、也就是我回來的選擇很愚蠢。

「族長。」基於他是祖先且是妖師一族最強者，我乖乖地做了該有的行禮。

慵懶在那裡的男人雖然依舊如同初見時囂張狂肆，該有的強者氣息不見一分減弱，不過那抹幾乎快要消失的血腥味還是說明了他並不像表現出來的那麼輕鬆。

「你們這些混血的腦子不好啊，學學幻水魔那群小孩。」妖師族長微微瞇起眼睛，似笑非笑地歪著頭。「雖然本族足夠低智，但混血的腦袋卻相當好。」

……

……等等，雖然但是，不管有沒有混血我都不想學習幻水魔！

還有您不覺得把本家也罵進去了嗎？

「你不會不知道回來這裡代表什麼吧。」盯著我和小喪屍，妖師族長懶洋洋地坐正起來，嘴唇勾起一抹疑似看笑話的弧度，「小孩，你來的地方沒教過你戰場上，力有未逮就該躲遠一點，別來扯後腿嗎？」

「……按這個狀況看我是不會扯後腿啦，八成就是陪葬。」我很肯定魔神打下來絕對不會有誰保護我，最有可能出現的就是團滅，到那個時候怎麼可能會出現什麼扯後腿，根本就是砲灰送頭而已。

「倒是很有自知之明。」妖師族長沒有反駁我的話。

「所以這裡的人都會死嗎？」進入小鎮後，不論是艾利曼或星辰精靈等人都沒有遮掩赴死的神態，他們很清楚留在這裡箝制魔神降臨最後的結果會是什麼。我想，這大概就是祖先爲什麼把我們踢去對於黑色種族而言比較不那麼危險的妖魔戰場上的原因，雖然嘴賤，但他沒有打算讓我們跟著升天。

妖師族長再度笑了聲，這次沒有先前那種嘲諷臉，多了一點正經，就像原本在應對孩童的大人難得出現認眞神態。「小孩，你爲什麼把左手搞成那樣？」

我微微抬起不太受控的左手，一旁的小喪屍拉了我衣角一下，顯然不能說明。

男人看到他的動作，挑挑眉。「又一個不能說，嘖。不過看樣子，你們當初應該也是在處理不得了的東西吧，想過當時會死嗎？」

我點點頭。

「戰場上就是這麼回事，不是生就是死，沒有其他選擇。」妖師族長緩緩說道：「現今的世界，神付出許多代價設下世界結界封鎖了大部分異界侵蝕，因此退出世界與歷史；然而只要邪惡尚存，無論是妖魔或是任何心懷破壞的邪物，不免一再應召而至。你要記得，即使防住了外部，內部仍舊防不勝防，今後種族分支、混血會越來越多，百萬生靈中只要有其一對邪惡伸手，先輩們的犧牲終會功虧一簣。」

「我懂。」這種事從古至今都沒有變過，最貼近我們的就是後來叛變的百塵導致妖師一族直接砍去三分之二，並與重柳族徹底撕破臉。

「那麼你有犧牲一切保全其他的勇氣嗎？」妖師族長瞇起眼睛，淡金色的眸子裡閃過一絲冷意。

「如果有必要的話，我……」

相似的問題那個神經病安地爾問過，我的回答一直沒有改變，如果是為了我所在意的親朋好友家人等等，去死我二話不說。

妖師族長抬起手止住我的話，「看來以前有人問過，但我說的不是你所想的那個意思。對我而言，這個世界重洗我無所謂。」

啊對，他是一位一直想開世界兵器的妖師族長。

我突然有點困惑。

「玳儡是我直系的小輩，主持大陣的星辰精靈是我的摯友，可以說這位星辰精靈我能二話不說交付生命，跟著我的隊伍菁英每位都是妖師一族傾盡資源精心栽培的當代佼佼者，甚至有我血脈兄弟。」妖師族長交扣雙手放在膝上，瞬也不瞬地盯著我，開口：「當時間到來時，你有勇氣犧牲你身邊像這樣存在的人，去保全更多你在意的人、事、物，或是世界嗎？」

這瞬間，我突然無法回答。

我猛地想起安地爾當時在地底詢問我的那個問題——

如果有一天你必須要付出巨大的代價保下這個世界，你覺得你想把這世界留下的理由會是什麼？

我當時直覺回答他家人朋友，然而我一直拒絕去思考其實隱藏在這個問題下的另一個恐怖選項。

如果那個代價就是這些家人朋友呢？

我會有勇氣像妖師族長這樣看著他們在戰場上一一殞落嗎？

我沒有。

光是重柳以那種方式離開，或者我媽媽在妖師本家發生的種種，我都無法接受。

他們認爲理所當然，我卻一直下意識排除這個可怕的答案。

所以安地爾聽完之後才會回答我那些話。

我做了獨自赴死的準備，也做好終有一天與大家一起走的準備，唯一不敢做的，就是將我身邊的人送出去死的準備。

「小孩，你還是回家躲在大人身後吧。」妖師族長淡淡地說：「你並沒有承受一切的無悔勇氣，未來必然會扯其他人後腿，趁還未底定，盡早將這個位置讓出來，對你身邊那些相信你的人都好，我可以看得出來有很多人在照顧你——憑你身上那堆守護與種族氣味，這也就表示在戰場上他們會很顧慮你，光是這點，你們就不可能活太久。」

我無法反駁對方的話。

因爲他說的完全正確。

「但我們有。」

就在我滿身冷汗之際，一直沉默不語的小喪屍突然開口：「並且，他會跟上。」

「喔？」妖師族長把視線轉向下方的小喪屍，用一種找麻煩似地挑釁語氣道：「弱者，永遠都容易臨陣脫逃。雖然眼下他或許會跟著你們這些強者，然而會永遠跟著嗎？做選擇那日到來時，你能確保他不會逃避嗎？他不會在你們做選擇時又哭鬧著想把你們追回嗎？又或者說一套做一套呢？」

我正想開口說點什麼，小喪屍伸手擋住我，冷然回應：「這即是爲什麼我會在此處。」

「……哼。」發現沒辦法從時間種族身上得到樂趣，妖師族長又歪回去他的皮草上。「隨便你們要留不留，反正大概知道會發生什麼了。」

「您……」我抹了把臉，對方講話雖然很難聽，但他說的沒有錯，而且是想給我提醒。

「妖師一族已經開始切割世界兵器。」妖師族長閉上眼睛，彷彿要進入休息，聲音也慢慢偏低：「這是不得不爲之的趨勢，世界種族、包括本族在內，不再相信兵器只聽從某一些人的掌控，待自由世界從邪惡侵蝕中得以喘息時，他們將不再滿足兵器僅被封印，下一個被生靈忌憚的會是擁有兵器的妖師，到時又是動盪……即使我們與兵器爲友，卻也不得不讓『他』退出歷史。」

這段歷史我是知道的，以前然調動妖師歷史時曾提到，比較意外的是原來是從這位祖先開始進行的。看他一直想要毀滅世界的樣子，還以爲他會把兵器握得好好的，某天回頭背刺個世界看看。

說完這些話，妖師族長揮揮手，讓我們跪安。

※

後來的事情發生得相當快。

正確來說，是在十一個小時又三分十八秒後。

所有副陣都碎裂了。

我和小喪屍正好協助冒險者們打退一波魔獸剛返回大廳，看見一個個陣法粉碎時能量溢散形成點點光源，術師們並沒有任由那些光點消散，而是重新聚集起微光，儘可能重組與描繪幾個重要副陣，繼續支撐主陣法的運行。

即便如此，地面與空氣還是傳來源源不絕的震動，被某種事物搗住的悲傷嗡鳴悶響自地心處傳來，似乎是在傳遞無法繼續忍受被壓制在空間走道的那股邪惡力量。

看著外頭妖魔鬼怪同時歡欣鼓舞地躁動起來，天空的黑紅陣法崩出一條裂痕，細微的裂縫裡出現了很小一部分灰色眼白，不知道是眼瞳的位置沒在縫口處或是這傢伙根本沒有瞳孔，總之只有一點點的眼白與漆黑血絲窺探下方仍舊在掙扎的種族們。

「啊，眞煩啊。」

一隻手搭到我腦袋上，把我往旁邊撥開，讓出離開大廳的路。

妖師族長手持長刀噙著笑容往充滿魔物屍塊的路上走去，後面跟著整齊的妖師一族菁英數人，與先前力量收斂的狀態不同，這次直接敞開了黑色種族與族長特有的可怕壓迫力，原本有些妖魔見獵心喜正想撲上，硬生生被這種威壓壓制在半途，並且恐懼地往後退開，場面一度變成像是左右滿滿的魔獸妖魔等物列隊目送這些人，還做出害怕、低首不敢視線接觸的臣服姿態。

「欸小孩。」男人突然回首，笑笑地看著我：「給你打暗號時，記得解開你手上的封印。」

「？」猛被這麼一說，我瞬間沒反應過來他的意思。

對方並沒有再提醒我其他，而是提刀踏上出現黑色細絲的空氣，在黑紅色大陣法出現第二道裂縫時，一秒逼至灰色眼白的最前方，一個超大的雷電術法打了進去，被劈個正著的無瞳眼睛吃痛往後退縮。

其餘妖師族人追隨族長在稍下方展開更爲巨大的黑金色陣法，層層疊疊地完全覆蓋上方情況，把最危險的空間短暫遮蔽切開。

底下妖魔鬼怪一失去恐怖力量的壓制倏地瘋狂嚎叫，全數朝我們這邊衝刺而來。

這時其實已經顧不得會不會身分曝光了，但我仍照常做了偽裝，況且這裡的未來很可能已經是註定的歷史，我在小喪屍沒有阻止之下直接甩出我的黑色力量，立時捕捉前方第一波魔物，拚著腦袋抽痛，直接捏碎幾百個魔物的心靈。

不得不說依賴魔龍的增幅小飛碟久了，這段日子我才發現自己的眞實力量銳減，幻武兵器被拿掉後，在戰場上強度比先前低很多，但又在這些戰場上被教訓得連滾帶爬後，實力竟然再次提升不少。

果然狗急跳牆才是眞正的鍛鍊方式嗎。

「哇，難怪我們的小輩在你身上留下這麼多氣味。」一隻環繞著火焰的巨狼踏平大型魔物來到我們身邊，吐出艾利曼的聲音：「看起來很蠢啊。」

「……」聽不出來她是在稱讚還是在吐槽我，總之我往第二群魔物伸出手，把比較高階的妖魔交給其他冒險者去處理。

天空再度傳來爆裂的聲音。

拔掉第三波魔物後我才發現小喪屍不見了，一抬頭，見到他不知什麼時候爬到屋頂上，正仰著頭看向那些支撐天空的大量黑金色術法群，隱約可以聽見那後頭接二連三傳來碎裂聲。

「去吧。」

原本在屋內的星辰精靈握著透明的長杖走出來，大陣已破，他不須繼續守在屋內了，淡色眼眸透出一股釋然：「雖然此刻的歷史已經註定，但未來看來似乎順利延續著，我名拉比亞·

卡利斯，星辰精靈，來自夜空的祝福，祈願星辰今後也將一直照拂著你。」

「啊哈，我是艾利曼．巴瑟蘭，以後如果見到我家臭小子，記得叫他進火流河底部拿傳承。」巨狼遠遠地朝我呼嘯了聲，身旁烈焰轉出許多火焰人形，非常像我曾經看過的狼王使用火流河力量時的模樣。

「阿薩特．姆歐……」

「洛伊．林。」

「密沙羅．伯特……」

「……」

四周響起一陣又一陣報出名號的聲音，伴隨著豪爽的笑聲。

這一刻不論是旅行者、冒險者，或是來自各方的種族佼佼者，行動幾乎完全同步，或許認識也或許陌生、不曾講過一句話，但現在他們即將同歸。

所有人在這一瞬釋放自己的最後力量弄死面前的邪惡對手，然後將己身魂靈能量按進地面，打開了一個又一個模樣、色彩都不同的連結術法，大大小小、或粗或細的光束從地面往天際投射直上，穿透那些黑金色的大陣法，陸續出現的各色流光暈染原本孤獨的黑暗。

去吧。

我在這瞬間聽懂了大家對我說的話。

於是我跳上屋頂，在那邊等待的小喪屍揮手彈出幾個銀色小陣法圈，我將風術捆繞在身上，借力於陣法圈幾個跳耀，穿過不對我設防的黑色大陣，整個人高高翻起，看見了最前方的黑紅色大陣已經被撕開一半。

從那個地方探出的魔神是一個非常巨大的球體……應該說有點像滿滿贅肉的圓形細菌，整顆黑色球體充滿正在扭曲動彈、數不清的觸手，那些觸手與球體上還有大大小小的疣狀物，許多灰白色的眼球點綴其上。大球此時約莫四分之一已穿過半毀的黑紅大陣，那部位咧開紫黑色的吻部，裡頭十幾層尖牙，讓人極度掉san值，血色與黑色交纏的荊棘從妖師族人身邊的黑色術法內長出，捆繞著這個試圖闖入此界的外來野獸。

不知從哪飛出來的三足白烏鴉尖嘯了聲，刺眼的白色火焰從牠身上噴出，雪白的羽毛瞬間轉為黑色，整隻鳥的形體也變得更加龐大，在魔神又往前一步之際，直接帶著滿身的火焰急速撞進怪物吻部，炸出的強烈高溫與作用力把這東西往來時處撞回一段距離。

同時間，那些從地面透出的各種光柱猛然轉換成注滿生命力的血紅色，站在最前方的妖師族長沒有回頭，抬手融合那些血柱，將之在高空中鑄造爲一柄長槍，血色長槍身上全是封咒符文，在白烏鴉被燃燒殆盡後，槍尖穿透怪物往外伸出的口器，鮮血編織出來的術法網層層捕獲魔神，重新把他固定在空間口。

大怪物發出咆哮聲，好幾個黑色術法陣碎開，其中兩名妖師族人直接斷絕氣息往地面墜落。

我聽見我身上黑王和流越製作的蛋殼崩裂的聲音。

被射穿喉嚨的怪物不斷想吐出那柄血槍，發出一連串嘔吐聲，然而血咒緊緊捆住他，不讓他移動半分，也不讓他挪動長槍。

說時遲、那時快，我正前方突然閃過高大的身影，眨眼出現的副官一刀揮開無聲無息差點撲到我身上的異靈。

顯然是圓形魔神帶來的異靈還不是我們看過的人形模樣，比較偏向是長手長腳的異形形態，皮膚全是墨綠色的，黑色的眼睛很大，被副官打退時沒有驚慌，只是半伏在空中，用一種很有興趣的視線來回掃視我們幾人。

下一刻，異靈的皮膚突然出現波動，竟逐漸轉爲類人的皮膚色，好像在模仿我們的模樣。

「你準備好。」副官給我這句話後，霎時衝到異靈面前，長刀劈在對方長長的腦袋上，巨大的衝力把異靈撞飛到很遠的另一端。

大陣法那邊，魔神僅被攔住不到幾分鐘就撞破血網，長槍被他硬吞進肚子裡，痛楚與強烈的憤怒形成無法形容的恐怖呼息，如波浪般掀開空氣，往我們所有人的精神與靈魂展開侵蝕。

我摀住腦袋，感受到撕裂般的痛楚與對方極地般冰冷刺骨的聲音。

又是……你們……

一次一次……沒有站在我們這裡過……

既然如此……

和世界滅亡吧……

下秒，溫暖的氣流拂開疼痛的入侵。

「小孩，善用你的傳承力量。」妖師族長的聲音傳來，與平常那種擺爛的嘲諷不同，竟然有點溫柔：「畢竟，是一代代傳給你們的，別浪費。」

我咬牙調動妖師力量，將魔神的語言驅逐出我的腦袋，擦掉一臉的血，勉勉強強地喘了口氣。

依然背對所有人的妖師族長正面箝制魔神，鮮血不斷從他的衣袍滴落，黑紅色大陣法持續碎裂與重組，幾乎是用盡力氣在維持那個破爛不堪的輪廓。

覆蓋小鎮的封印陣法開始往外碎裂。

熟悉的黑色種族穿過被破壞的封印陣法迅速衝進戰場內，以最快速度在魔神周邊繞出一圈。

夜妖精們與我沒見過、很可能是妖師一族底下的其他附屬黑色種族列出一圈圈新的陣法，讀取空氣中異界力量的語言，一個接著一個如同詛咒的透黑扭曲文字暴露在空氣中，密密麻麻地佔據所有肉眼可見之處。

黑色種族們試圖剝離這些異界詛咒時，陸續有失去生命的軀體往下掉落。

小鎮封印術法完全解開後，大量各種種族的力量從四面八方傳遞而來，形成更大也更驚人的術法陣，一圈圈掐住又開始往外鑽出的魔神。小鎮內所有人合力擋住魔神的這段時間，外界的種族們準備得幾近齊全，能控的大陣全都疊上來了。

這樣能打死魔神嗎？

雖然不想悲觀，但顯然還是很難。

遭到嚴重打擊的球狀怪物半個身體都焦了，他再度發出詭異的嘔吐聲，那張甩出好幾個詭異長形口器的利齒嘴裡有個物體不斷扭動，將污濁的喉嚨薄膜頂出近似人體的形狀，就像正在生產般，黑膜頂端很快薄到現出扭出的五官。

一個紫黑色的巨人頭部穿破那層黏膜，爆發出比球形怪物更恐怖的力量，眾多白色與黑色術法遭到震破，一時之間整片天空像是下起能量雨，滿滿都是這時不該看見的柔光。

我按著左手，看見妖師族長微微側首、似乎對我笑了一下的同時，解開封印之物。

然後，我才了解爲什麼我會來到這個地方。

與魔神同源的力量感撕開我的左手。

血花飛濺之間我看見那個白色的正方體飄浮在眼前，被污染的區塊因上次妖師族長替我拔除刺青時已經清理乾淨，流越設下的白色外殼裂開，露出裡面被三族封印的不明物體。

而這個不明物體，現在正在與魔神發出共鳴。

三個不同種族製作的封印術法像有自我意識般展開，我終於看清楚那灘東西眞正的模樣——是半個巴掌大、海棠葉形狀的漆黑物體。與魔神共鳴的正是這個東西，而且上面還覆蓋了一層極其詭異的時空術法，不是我們這個世界該有的不明元素凝結在上頭。時間種族賦予的時空類封印就是在剋制這個東西，然而我們最終還是因爲邪神碎片的震盪引動了時空術法，將我們送回這個魔神降臨的年代。

看清楚一切事物後，我已經可以猜測到魔神當時必定就是看見了這幅畫面，所以才會在這個物體上植入時空術法，總有一天在其他時空裡的我和這東西會再度被送回來，然後重複現在的歷史。

甚至我們在現代發現的地圖，都可能就是要指明魔神的一部分在白楊鎮，讓異靈去取得，或者引導我們重蹈歷史。

很明顯地，現在被毀的草地鎮，就是後世遭到屠城的白楊鎮，而當時在白楊鎮製作生命之石，就是意圖復甦魔神遺留的一小部分，然而他們最終沒有找到。

現在最重要的，就是不讓魔神取得這片東西。

魔神停頓了下，爆發的力量似乎被擋了一瞬，喉嚨跟著凝窒，紫黑巨人將剛鑽出的頭部正面扭向我的方位，爬滿血管的面孔上沒有其他五官，只有一張直豎的嘴，泛黑的嘴張開後是一顆擁有四個血色瞳孔與黃色虹膜、如同深淵的眼睛。

我的靈魂那瞬間整個冷凝。

細小的冰涼手指按在我的額頭上，把冰結的意識輕聲喚回：「你辦得到。」

小喪屍的藍色眼眸深深地看著我，驅逐了深淵帶來的無限恐怖，時間種族輕飄飄地在我面前替我設下新的保護術法，然後回過身，所有發生的事似乎被按下緩速鍵。

還給我——！

魔神不知道被什麼刺激到，立時變得憤怒瘋狂，一瞬之間震碎全部的封印術法，大量細如髮絲的紅光朝我們射來，我砸出最後幾顆守護水晶，還是只能眼睜睜看著穿透結界壁的紅色逼近我的頭部。

然後有道影子擋到我面前，那些紅光穿過小喪屍的手腕與胸口，將繫在上頭的鈴鐺崩成碎片。

我接住小喪屍倒下的小小身體，鈴鐺碎片四散落下，一直藏在其中穩定魂靈的力量我非常熟悉。

鎮魂石、鎮魂碎片。

當初我們結識式青，爲的就是那一點鎮魂碎片。

魔神全副專注力投注在我左手邊那個黑暗物質時，種族們最大的封印術法終於降下，而妖師族長也出現在巨人頭部頂端，魔神這時才反應過來要打退其他敵人，卻已經來不及了。

「小孩，你帶來的，是此魔神的生命核。」

「看來我們並沒有失敗。」

「下次，不要再亂跑了。」

妖師族長朝魔神揮出一刀，血色的刀鋒斬下魔神的人形頭顱。

所有物事在這一刻暫停，不論魔神、妖師，或者是那些死去半數的夜妖精與馳援的種族們，就連風與空氣都停止，剛剛還在劇烈戰鬥的戰場慢慢褪去顏色，存在逐漸不眞實起來，只剩抱著小喪屍的我還在呼吸。

「這裡並不是你的時間。」

我抬起頭，看見一名全然陌生的白衣青年站在我前方，長長的白髮與藍色眼眸冷漠地看著我。

「……救救他。」我跪在地上單手抱著小喪屍，可以感覺到冰冷的小屍體裡那抹極爲虛弱的靈魂正在緩緩消散，再一次地我出現了無能爲力的恐慌，只能朝唯一的希望發出哀號：

「……求求你……」

沒有絲毫感情與溫度的時族垂眸看了眼蒼白的小屍體，只是很淡然地開口：「歷史軌跡爲註定，這裡不是你們的時間。」

「求你……我可以付出代價……」我低頭抵著屍體，試圖將我身上的白色種族生命力傳遞給潰散的靈魂。

時族什麼也沒做，景物完全消失後，我們進入了一片蒼白的空間，看不見天地、也沒有邊界。

我逐漸感到絕望。

「你，該回到你的時間。」

似乎感受不到我的悲痛，也對同為時間種族的消散沒有任何興趣，時族再次冷然說道：「在你的時代裡，『過去的我』已然死亡，這並不是我可插手的時間軌跡。」

「……？」

白色空間碎開的同時，我手中的小獸王族軀體也跟著潰成粉塵，只剩一抹很淡的藍光停留在我的掌心，我一方面感覺自己好像要絕望崩潰，一方面又用最冷靜的方式小心握住最後這點脆弱光源，用白色種族的生命力將它團團圍繞。

我不應該把他留在我身邊。

如果當時不讓魔龍幫忙，將他強制留住就好了。

至少他回到重柳族，或許靈魂還可以保存，等待重新復甦的那天。

這是我最卑鄙懦弱的地方。

也因爲這份弱者的卑鄙，再度犧牲掉無辜的人。

不知道在黑暗裡跪了多久，我幾乎想要停止思考，不如乾脆就這樣迷失在這片黑暗裡，才不會既痛又看著自己的醜惡造成的結果。

就像妖師族長所說，我至今沒有坦然承擔選擇的勇氣。

我只會哭著想要把他們抓回來，永永遠遠留在自己身邊。

渾渾噩噩中，鷹嘯聲穿透了黑暗的空間。

一隻手向我伸過來。

我抬起頭，淚眼朦朧裡看見帶著微光的半精靈，銀白色與火紅色的髮絲飄散在我面前。

如火般充滿生命力的眼眸對著我。

「站起來。」

學長對我說——

「還沒有結束。」

「為你的選擇負責，哭也給我哭著站起來好好走完。」

《特殊傳說Ⅲ・07》完

番外　往昔殘像

灰色雪花落下。

幾頭巨大的黑色凶獸馱著各自的合作者，他們在幽暗的山腰眺望遠處下方已然成爲廢墟的破敗村落。

噬骨鳥、食腐鳥與唱喪者在黑壓壓的天空盤旋交錯，高低不齊的詭異音調編織成一曲令人神魂動搖的哀歌，順著風即將傳遞到周圍所有區域，宣告又一座村莊滅於妖魔與時間洪流，如同一路走來所見的那些。

「看來倖存者往東野大城去了。」騎在獅形凶獸身上的黑衣男子確認了村莊狀況，轉頭看向後方幾名同行者，拉低斗篷帽說道：「最靠近那一帶的戰場目前有水族與混血精靈守衛，兩日前最後一次通訊，對方表明情勢尚稱穩定，已逼退魔將軍、即將收復土地，如有戰力可先轉移其他戰地。」

「嗯，按原定行程繼續前行。」

幾人最後一次看了眼再無生機的村莊，隨手放置幾個淨化術法，趕在雪花逐漸淹沒地面之前，驅使騎獸遠遠離開此方地界。

數日前，北地的自由戰場傳來請求妖師本家支援的訊息，據聞戰場上除了被撕開妖靈界通道以外，還有不知哪來的混帳東西擄來並屠戮大量種族，以此獻祭邪神，致使邪神降臨後從世界內部搭起橋梁，讓魔神降臨戰場。

當時白精靈與混血精靈的精靈王，以及三大妖精族的妖精王聯手牽制魔神，並強硬將魔神的半身封印進深淵地脈，剩下的一半打出空間通道，然而擊退過程中，魔神帶來的災難仍席捲整個戰場，造成嚴重死傷且孳生數不盡的黑暗生物，一度差點扭曲了戰場維度，差點把整塊土地切割出本世界。

淨化不及，還因對戰魔神時造成空間破裂引來更多妖魔，於是幾個大種族商量了一番，傳遞請求至妖師本家，希望擅於操控黑暗力量的妖師本家能派人支援。信箋到達時已有副族長帶隊前往，而妖師族長正好帶著心腹精銳從魔族碾了一輪回來，聽見消息也相當悠閒地調轉隊伍往事發地點前去。

大家雖然對於妖師族長「可能」的到來滿懷冀望，卻不會將其列入「必定」到來的名單裡。畢竟這代的妖師族長雖然強到不可思議，但也出了名的叛逆，時不時就對封印中的陰影表示蠢蠢欲動、想解放的心，與大談各大族族長聽了會腦袋一暈的可怕言論，有時白色種族想要他往東他就會往西，但幸好在大事上會與其餘七大種族合作好好處理，不過像這樣已經派了副族長前往的狀況下，副族長沒死、還能做事之前，這位大族長會不會眞的過來就另當別論了。

如同這次妖師族長會去魔族的原因——兩週前，某妖精族門口被魔族開了條通道將他們堵好堵滿，魔將派出大軍準備用整個種族血祭魔王使其降臨，妖精族戰士冒死衝出魔族封鎖空間，浴血尋求附近幾個種族救援，其中就有妖師一族的據點。

妖精首領收到妖師應允後，原以爲妖師一族會帶戰士前來相助，沒想到等了好一陣子遲遲等不到救援，就在心灰意冷之際，魔將突然逃了。

造成這位魔將不顧臉皮、連滾帶爬逃跑的原因，就是那位不知救援到哪裡去的妖師族長。

後來才曉得妖師族長輾轉收到請求後第一時間就出發了，但這位大族長出發的方向不是妖精族，而是妖靈界，憑著抗黑暗、邪惡的體質帶著頂尖精銳小隊直接從人家的魔族大軍後方開始打起，一路踩著屍體抵達那條連著妖精族的空間通道，然後去通道口向魔將打招呼，當場捱了一記重擊的魔將才發現後方軍隊被突襲了，帶著一身傷倉皇逃逸。

最後族長關閉了通道，卻沒有直接從妖精族那裡離開，而是沿著妖靈界原路回到自由世界，當然過程中又把魔族欺壓了一波，順便吸收了不少純粹的黑暗力量，把魔族氣個半死。

妖師族長抱持著「我就是喜歡看你抓狂又弄不掉我的模樣」這種詭異的心態，愉快地在魔族多滯留了幾日，最後離開時，魔族們難得感受到一種空氣清新、精神舒暢的謎之解脫感。

爲此，得救的妖精們不得不提一句妖師族長強悍非凡，竟然敢進行從後方直接拔除威脅的作戰，當然這方法只有黑色種族辦得到。

走在隊伍間的副官看了眼懶洋洋躺在巨型凶獸上的族長，思考著那些妖精如果知道讚揚中的族長其實當時的想法是——「嗯？堵門口，那我們也去堵魔族門口，一堵還一堵，要比卑鄙無恥，妖師才是專業。」，會有怎樣的表情？

他無法評價自己族長奇怪的作戰邏輯，但非常想解釋妖師一族根本沒有專業卑鄙無恥好嗎，族長到底對自己的種族有什麼誤會。上次八大種族在開會時，他甚至在種族首領們面前大言不慚：我們就是傳言惡毒的黑色種族，爲什麼要和妖魔談判，看他們不爽就滅掉不是正常的事嗎。

或者：什麼？我們掌握歷史兵器就會毀滅世界？那不是理所當然嗎，不然我們出生來幹嘛，不高興就全世界陪葬啊。

云云之類的，致使副族長接到許多種族首領的傳信，隱晦地請副族長多多留意族長身心健康，希望他可以每日保持心情愉快，不要做出想不開的行爲。

但副官知道族長其實只是那張嘴巴毒而已，否則就不會千里迢迢去救援妖精族了。

然而這幾代的妖師族長都備受質疑，原始八大種族老一輩還好，互知根柢，但新生種族種類又多又雜、繁殖又快，一旦知曉世界兵器，或是不喜黑暗力量，大多不願意相信黑色種族眞有這麼好心，能固守到世界軌跡走到盡頭才應天意重置世界，這種懷疑也在某些種族的謠言與操作下越演越烈。

就算這個世界仍然非常需要黑色種族一起抗敵。

上一任老族長在戰場殞落後，對他的質疑聲浪同樣一分沒減少過。

所以副官很明白現任族長的逆反心態。

「凱德。」上方飛獸降低高度，一道身影翻下，落在副官的騎獸上，大剌剌地在旁側坐下。「要路經南方戰場嗎？」

副官看了眼戴著黑色面具的小輩，點點頭回道：「經南方戰場，路上有城鎮就休整一晚，從千眾據點開啓通道進入北地，你可以先一步去千眾。」這傢伙是他們下一代裡難得實力很強的小孩，罕見地被族長單獨提出來加入族長親自帶領的心腹隊伍。小孩有個青梅竹馬在千眾，早早訂過婚約，等這次戰場完成一波肅清後，就可以進行婚禮。

戴著面具的青年——玳儡咳了聲，有些不好意思地低下頭。因爲年齡最輕，所以經常被幾位長輩調侃，不過在生死邊緣來來去去後，這些人與其說是長輩，不如說是背靠背交付生死的至親們，並不像同年齡友人對他們那麼畏懼，偶爾根本連尊敬都沒有了，可以很隨意地打成一團。

副官拍拍青年的腦袋，有點感嘆，不知不覺隊伍中最年輕的孩子也即將成家立業。

這時，他們並沒有想到一日後，會在草地鎮的外圍撞見妖魔。

以及接下來發生的所有事。

※

「大族長。」

驅逐草地鎮魔將軍後，副官很快就把鎮主讓出來的屋舍打理乾淨，並且將一應事務都安排好，還順便見證了下年紀足以當人家爺輩的族長欺負小孩子的經過。「那混血的小孩……」在屋頂上乍見到妖師混血小孩時他相當驚訝，雖然沒有表現在臉上，但至今以來並未見過這種情況的混血，令人極度吃驚。

他們不是沒有混血，不論百塵或千眾大多擁有混血，但一般血緣會穩定地趨向妖師一族，在屋頂或是剛剛屋內，那名小孩確實一反常態，自由轉換體內的黑白血脈，並習以為常。

支著下頷靠在毛料上的男人慵懶地睜開淡金色的眼睛，抬起手指示意友人別太過驚訝並設下隔離術法，才緩緩開口：「很久很久以後，妖師一族將式微，並且可能受到世界種族追殺或迫害。」

副官瞪大眼睛，不可置信。

雖然關於黑色種族有很多謠言，但他難以想像自己強大的族人竟要淪爲「被迫害」這三字的境況。

「如果不是這個理由，我想不出爲什麼後輩要刻意稀釋妖師血脈，並使用大量白色種族血統遮擋在前，還改掉我們的姓氏。」第一眼就發現那個男孩與此世格格不入，尤其是那身過度刺眼的混血與糟糕的血脈繼承，以及最後聽見妖師本族眞實姓氏的陌生反應，連微微瞇起眼，勾起似笑非笑的唇角。「那小孩身上至少有七、八種殘留的白色種族血脈，多半是他曾經的先人，而且他聽見百塵、千眾時……」對於千眾似乎是感慨惋惜的神色，而百塵卻是……怨憤？

妖師族長慢慢地以食指敲著下唇，若有所思地琢磨著男孩對於這兩族的反應。

千眾很可能會遭受極大打擊。

而百塵……與某些糟糕的東西爲伍了嗎？

「眞難想像啊，百塵滬那個腦子堆滿岩石的老不死後輩出問題了嗎。」一想到那個有事沒事就來找麻煩、拚命叨唸他作風很有問題，並且試圖插手的臭老頭，連嘖嘖了兩聲，感覺百塵一族的後代充滿勇氣，終於想坐實毀滅世界的邪惡種族傳言了嗎？

副官習慣性地咳了聲，雖然有隔離術法、不會有其他人聽見，但大族長一天到晚稱百塵族長是老不死什麼的，實在是……

「玳倆要去千眾據點時，讓他先帶個信過去。」連閉上眼睛，在心中一一盤算要交代千眾的事項。「讓月寂那邊將所有重要藥方複製一份，想辦法避開所有人的目光分別藏起。」如果千眾未來將受到重大打擊，那麼最主要的原因必定是他們那一手抗黑暗侵蝕的醫術，至今爲止，千眾遭到最多的襲擊都是來自於邪惡與黑暗生物，每損失一名千眾，就代表能治癒黑暗侵蝕的人少了一名，那些容易遭到污染的白色種族死亡率和墮落率就會更高。

「嘶……那小子應該不會隨意透露出去吧。」與百塵那個老不死不同，千眾的新族長近兩年才繼位，看來他繼位後最大的任務就是整理並複製一份千眾龐大的醫療資料庫，而且必須瞞著外界、甚至同族進行，這就代表——

那小子得苦悶地自己私下找時間編抄巨量文字。

光想就覺得非常幸災樂禍。

「有忘塵小姐與幾位長老輔佐應該不成問題。」副官有點同情千眾的小族長，然而看著眼前經常找麻煩的大族長，他又覺得自己更值得被同情。

無視副官的怨念，妖師族長毫無同情心地安排好千眾族長未來的漫長功課，繼續喃喃唸出後續的安排，讓副官可以著手去處理。

「對了，讓玳儷送完信就留在千眾那裡，小情侶多點時間好好相處。」連並沒有對副官開口另一件事。自看見那個混血小孩與時間種族後，他就隱隱有種即將出現重大災難的預感，而且極為強烈，這並不是什麼好事。

理智上來說，他們應該立即撤離此處。

副官記完交代的所有事宜後，想起原本要稟報的事。「我們的人在草地鎮外圍約莫四、五百公尺處發現一些符號，看樣子很像降臨陣。」

「魔王？魔神？或是邪神？」說到降臨陣就不脫這幾種東西了，因為世界規則與眾神守護，過強的存在會被排斥出去，但如果用大量生靈為祭，以鮮血和怨氣衝破特定範圍準則時，有極大機率可以召喚那些在世界外的異物。

沒錯，不斷想入侵世界的那些界外入侵者現在大多是透過這種方式到來，與古代世界規則秩序還未完整時不同，尤其目前爭戰不休，鮮血完全不缺，降臨陣的使用難以止歇，再加上一堆愚蠢的傢伙信奉狂神，更是加速這種召喚過程。

連認爲，自由世界橫遭大禍，居住在這世界上的生靈本身就該負大半責任，只有那些笨蛋精靈才想要無償拯救眾生。

啊，眞想把世界清洗清洗。

「凱德，你覺得我們現在解開陰影封印如何。」

「……請不要，這世界還有救。」副官冷漠地看著族長，又是勸戒族長不要隨便毀滅世界的一天。

「試一次就好了？」連有點遺憾地向副官提議。

「您認爲顚覆世界可以試幾次？」副官再次冷漠打斷對方的妄想。

「剛剛我們的後輩才走，因此可以證明到那時白色世界還在。」妖師族長提出歷史佐證。

如果不是因爲現在有隔離術法，副官覺得時間種族應該下秒就會出來劈了他們這位日日都在妄圖禍害世界的族長。

妖師族長聳聳肩，看來今日仍然無法消滅愚蠢的生靈。

「有時候眞不知道您這麼討厭生靈，爲什麼還要行走世界。」副官不由得感嘆了句。

「有你們啊。」妖師族長露出某種意味的笑容，然後看向半敞的窗口。「……還有星空很漂亮。」

副官笑了聲。

百年來不變的答案。

※

魔神的降臨，所有人都沒有預見。

草地鎮裡的占卜師與術師們直到天空被撕裂後才震驚地發現在他們眼皮子底下，魔神竟然無聲無息地降臨，然而這時已經來不及疏散城鎮的人了，他們唯一能做的事就是以性命爲代價，鋪出最大的防禦術法，爭取讓其他人逃生的極少時間。

妖師小隊第一時間在天空散開，捕捉自上方沉下的血腥與黑暗、毀滅，以及瘋狂，並牢牢布陣抵抗，只是他們無法拯救所有人，草地鎮瞬間滅了一半，大量亡靈與死亡氣息喚醒藏在地底的降臨陣，不祥血色直衝天際。

這時他們才發現原來有人在地底深埋了許多封印死者亡靈的魔珠，並且使用了精靈族的器物盛裝，更鋪了一層白色種族的隔離封印，因此一直沒有被察覺。直至時間一到，全部應聲而破，瞬間啓動了那些降臨陣，讓在界外虎視眈眈的魔神鑽到空隙。

存活的人勉強救下一半小鎮，魔神最後的降臨召喚沒有完成。

現在要追究是誰出賣整座城鎮不切實際，總之盒子裡有一層很淡的異靈氣息，加上前一日魔將軍來襲，所以比較有可能的是異靈聯合魔王與某個又被蠱惑的白色種族設下這一切。

妖師族長持著長刀，在即將開啓的異界通道前張開黑紅色巨型術法，陣法核心獻祭燃燒的是他的生命。

草地鎮的末日被停滯在完全破滅前最後一刻，取得僅剩的喘息。

各式各樣的隔離結界切開小鎮與外界，以免魔神與黑暗生物衝出這塊區域爲禍四方，形成新的大型戰場。

原本應該在千里之外與他未婚妻親親愛愛的青年如今躺在棺裡。

連將棺蓋闔上。

誰也沒預料到這名青年遞了信件給千眾後立即調頭，以最快速度回到小鎮，並第一時間看見魔神降臨，他甚至沒多加考慮就衝至族長身邊，硬生生堵住魔神炸出來的可怕力量，替正在轉換陣法的其他族人接下致命一擊。

「笨小子不該折返，下輩子好好聽大人的話。」妖師族長看著冰冷的棺蓋，嗤了聲，攏了攏身上的大衣，扭頭離開小房間時，外面站著有些狼狽的副官與最早抵達草地鎮的星辰精靈。

金髮的精靈持著透明法杖，微微點了頭。「吾友。」

「拉比亞。」妖師族長拍了下對方肩膀，並不與高階精靈術師客氣。「主陣交給你了。」

承載了妖師族長生命的主陣交至精靈手上，金髮精靈眼也不眨地應允，並開口建議：「你無須獨力獻祭生命，我們均可分攤。主神在上，星辰精靈極為樂意運轉整個陣法，風已經將訊息遞出，很快就能迎來支援。」

「別，讓他們在外面準備，魔神一旦現世，周遭空間會跟著異變扭曲，魔王那群傢伙會見縫插針建立通道。」連抬手表示拒絕主戰力進入小鎮。「目前我還可以牽制魔神一段時間，只要他沒有眞正降臨就不會擁有完整實力。讓外面的白色傢伙們想辦法擋住魔族大軍的通道，再派一些人來處理這裡的黑暗生物，同時……開始準備神魔陣，即使殺不了，也務必將他的軀體毀掉七、八成，奪下生命核。」

魔神降臨時，城鎮周圍也零星出現部分連結他界的小通道，大批魔物與扭曲生物鑽過這些偷渡小洞口，齜牙咧嘴地衝進自由大地不斷增殖，相互組合成為更大的妖魔，極為煩人。最煩的是，等妖魔累積夠多，他們同樣會獻祭自己打開魔族通道，讓魔王降臨。

也就是說，不只外部有魔王闖入，內部封鎖空間也有極大可能會被魔王踏入，所以滅除這些高速增殖的黑暗生物極爲重要。

然而糟糕的是，前幾日精靈王與妖精王正好在對峙另一方的魔神，包含他們的副族長，目前都還在鎭壓那該死的入侵者。所以短時間內是無法等到這些最強力的救援了，必須再爭取更多時間讓大量高級術師趕來。

這說明了他們必須盡量讓高階術師留在外頭做足準備，儘可能萬無一失。

……不得不懷疑這兩個魔神是不是有勾結，否則怎麼這麼剛好拖走最可以完美發揮神魔陣的精靈王們。

妖師族長雖然讓最大戰力留在外面相較安全的地方準備最後對抗魔神的大陣，但依然必須從外頭調進一些戰士，即使明知道這些人進來只有死路一條。

星辰精靈雖然很想迎入自己的種族代替妖師族長燃燒生命，卻得不到允許，妖師族長甚至還在隔離術法上多增了幾個「星辰精靈與狗不得進」的禁制，後來幾個相同想法的援兵也被列名上去，成爲大結界壁上突兀的一塊符文區。

「……」

有心想協助獻祭的幾個種族面對這塊閃閃發光的符文，不知該作何評價。

而結界內，戰士們致力於消除源源不斷、彷彿永遠殺不完的黑暗生物，以及各式各樣的妖魔惡靈，並在其中努力搜尋倖存者，再分批將這些顫抖的人們送出結界外。

其中領首之一的便是燄之谷的艾利曼。

原先是要趕赴另一戰場與族人會合、只暫時在路過小鎮落腳，並想買點伴手禮給家人的炎狼，沒想到自己會正好撞上最糟糕的境況。

不過無妨。

炎狼生來就該馳騁戰場，她反而興奮於趕上這個大場面，無論對手是妖魔或是什麼，炎狼絕不畏懼，踏過這些才是他們戰士的天生使命。

「你們眞的不離開嗎？」

看著在安全點內吃力療傷的其他種族戰士，艾利曼將身上最後那份治療黑暗侵蝕的藥物遞給其中一名失去翅膀的羽族。「一旦主陣被破，這裡可就是大型獻祭場了。」

妖師族長設置好主陣的那一天就說得很清楚，主陣一破，魔神就會穿過空間走道進入此界，屆時他會吸取地面生靈的生命完成最後降臨，如果外面的神魔陣或妖師族長並未即時阻擋，這裡的所有人沒有任何生路，全體變成迎賓第一餐。

「我們很明白。」羽族將藥物交給後方受傷更重的妖精，然後將手上的血口以布條纏緊，等劇痛過後才抹掉冷汗繼續說道：「但我們選擇將生命交給妖師族長，即使只能擋住一分、一秒也好。」他們這裡的所有人沒有誰抱持著僥倖心態，腦袋清明地曉得自己要做什麼、將面對什麼。

眞的從戰場逃走，未來魔神降臨時人人也都會像這樣逃開，最後世界滅於可笑的軟弱。所以他們選擇爲了這一秒留下，然後在主神、在風中、在時間長流、在安息之地重逢。

「進來這裡就沒想過全身而退。」半蛇形的獸王族咧開詭異的笑。

「你們說，如果我們獻祭成爲血之兵器，能不能保下妖師族長的命？」靠在牆邊的風妖精閉著眼睛喃喃地說：「那可是能驅使黑暗與死亡的黑色種族之首，應該可以最大限度地活用血之兵器，破壞魔神的生命能量吧。」

「這個好，老子也貢獻一份。」另一名渾身黑皮毛的獸王族開心接道：「反正留到最後死了也會便宜那個魔神，不如把命給妖師族長，那個混小子雖然嘴毒，不過老子相信他。」

「可以。」

「也算我們一份。」

「這邊也是。」

「還有我們……」

「我們也要……」

四周療傷的戰士們紛紛抬起手應和。

誰想成爲魔神的大餐啊，還不如把自己交給更強悍的人，帶著他們驅逐外來者。

艾利曼笑了。

「當然，也有我一份。」

※

再度聽到混血小孩的消息，是主陣即將被破前夕。

妖師族長半躺在座椅微微睜開眼睛，感受到接近的同系血脈，有種果然如此的感覺。

那小孩自己都不知道自己將什麼鬼東西封印在手裡，但他在剝離惡咒時很清楚地感覺到上面有三層白色種族術法，以及屬於他刀鋒的氣息……沒錯，封印物裡有他長刀的微弱氣味，加上那股直面魔神時嗅過的詭異惡臭。

所以，他知道這小孩從未來帶至這裡，最關鍵的訊息。

他不清楚最後究竟付出了哪些沉重的代價，不過小孩手裡的提示告訴他，只要他留在這座小鎮，就能達成這個結果。

或許就是因爲如此，這小孩才會出現在他們面前吧。

不過一碼歸一碼，他還是狠狠地諷刺了這個天眞的小鬼一番，看著對方面色慘白、遊魂般滾蛋，然後獲得某種詭異的滿足感。

「你爲什麼總是喜歡欺負小輩。」副官對於友人這個惡趣味感到無言，都重傷了還這麼有精神欺壓善良小孩。

「太稚嫩了，看了就想踩一腳。」妖師族長重新躺回毛料裡，懶洋洋地嚥下突然湧到喉嚨的血味，停了數秒後繼續說：「玳倜都沒那麼天眞。混血小孩不怕死、不畏和夥伴赴死，卻很怕送身邊人上路，還因爲這事喪失戰力，嘖。」

越想越讓人想再多踩兩腳。

……還是踩三腳好了嘖。

「那只能說明，小輩的年代很不錯，至少和平許多，經歷過和平才會這麼恐懼失去。」副官將手上提著的小酒壺拋到對方懷裡。「害怕並非壞事，他身上那麼多庇護他的種族氣息，可見小孩本質乾淨。」

「那只能說明，他身邊的全都是蠢蛋吧，拚命想護著他。」妖師族長冷冷一笑，打開酒壺，是草地鎮特有的花藤酒，味道不夠濃烈還太甜，不過現在也沒有更好的選擇。「連那個時間種族……」想到使用小小屍體的種族就覺得有些好笑。反正他是沒見過如此愚笨的時間種族，竟然跟隨在一個孱弱的混血身邊，還一路將他護回來，不讓這時代的時間巨輪把人輾了。

「或許在那個年代，被迫害到避世的妖師一族就是出現了一個這麼愚蠢的傢伙，才得以重新凝聚起新生代呢？」看著若有所思的族長，副官知道自己的猜測與對方所想相符。

在那個年代，妖師必須經過層層混血，消抹足跡隱藏在白色種族之中，這就表示妖師們數量已經不多了，並且不願意出面。

很久很久之後，歷史將會迎來斷層，或許也將把他們今日所有行動從文字與記錄相傳中抹除；他們會成為被追打的邪惡種族，會被邪惡影響誤入歧途，新生代不會再承認妖師一族的地位。為了這個發展，妖魔與異靈想必非常樂意幫上一把，火上添油、加速妖師的覆滅，使抗黑暗的種族大幅減少，可治療黑暗侵蝕的黑色醫師消失於世。

如此，未來將會斷送在這些傢伙的手上。

能打破這種死局的，也許就是一個異變、不害怕白色種族下殺手，依然還相信他們的「蠢蛋」吧。

那個蠢蛋不須要很強，他只須要銜接起斷裂的絲線，充當所有人的連結，這樣心死退開藏起的很多人將會重新踏出一步，慢慢恢復聯繫。

他們現在見到的混血小孩，身上顯示的就是這種結果。

「嗤，時間種族的一句『相信』……不是那麼簡單可以到手。」妖師族長喝了口酒，想到擋在混血身前的小屁體，那隻藍色眼睛裡有的是信賴與保護，一點懷疑都沒有，明明靈魂已經虛弱到隨時可以碎解、不得不浪費他手裡僅剩的鎮魂石，竟然還對愚蠢的混血執迷不悟。

「是的，畢竟您因爲戲耍時族太多次，上了他們的黑名單，要讓他們完全相信您實在是不容易。」副官看著在時間種族那邊已經信用全無的大族長。

把時族騙去蓋布袋什麼的卑鄙事，全天下大概只有他們族長幹得出來。

蓋完之後，竟然還賴給精靈族。

副官突然覺得，那些白色種族的脾氣果然很好，這幾年下來他們竟然能忍住沒把大族長砍死，換作是他，肯定一刀沒二話。

「凱德。」妖師族長放下手邊太過甜膩的酒水，看向窗外沒有星星的黑色天空。

「？」副官抬起頭。

「到時候，我不會回頭看你們一眼。」

聽到這句話，副官剛正嚴肅的面孔突然笑了下。

「盡頭見。」

「盡頭見。」

之後，主陣被破。

在魔神前，直面魔神並扛下最大壓力的妖師族長沒有回頭。

他可以感覺身後許多生命急速消失，不論是大結界裡或外，原本如星高掛於夜空的生靈失去懸絲、成爲流星殞落，一道道劃過黑幕，濺血於污穢的大地。

魔神即將衝出封鎖之際，眾多生命獻祭的血之兵器來到他手上，纏滿封咒的長槍釘入魔神嘴裡，可惜沒有絞出生命核，但也足以把這界外巨物暫時按在通道口前。

連冷冷看著掙扎中的怪物，快速地持續剝奪對方身上滿溢的黑暗力量，並從四面八方侵蝕這玩意的精神意識。狡猾的大怪物把自己的生命核與精神核藏得很深，意識捕捉沁入時，只聽見無數憤怒的詛咒。

他可以感到殘餘的生命正在飛速消失。

吐掉嘴裡的血，他靜心捕捉到一絲魔神眞正的精神。

與滿滿的惡咒相反，魔神的精神體非常安靜，寂靜到冰冷，並且還對他開口——

此界的黑色種族之首。

此次新世界的歷史並未啓動太久，世界生命仍豐，吾等爲了滿溢的能量而來。

爲何不顚覆一切，與吾等同行，吸取能量壯大己身，不再被世界驅使。

有瞬間，妖師族長感到一縷詭異感。

他詫異地看著面前正在張牙舞爪的魔神，接著看見從角落處竄進來的異靈。異靈很聰明地避開心咒範圍，繞著往後面的人攻擊過去。

「……可能是因爲你們太醜。」連咳了聲，淡淡笑道：「而且這裡的星空很漂亮。」

愚蠢的理由。

「這個理由對我來說很夠了。」

妖師族長瞇起眼睛，桃花眼裡閃過揶揄的流光。「畢竟，你們這些混帳東西每次出來，總是把星空弄沒了，極煩。」

長槍被怪物吞噬。

魔神放出大範圍的攻擊，雖然妖師族長儘可能攔住大半，然而還是無法阻攔生命的殞落。

大結界破滅，種族們衝了進來，隸屬妖師麾下的黑色種族來到最靠近他們的地方，試圖想拖延更長、更長的時間。

外面種族們準備的各種術法開始切割、消滅魔神。

被吞噬的血之兵器化爲血液流竄在魔神體內，瘋狂啃食破壞魔神的肉體，大怪物終於決定放棄快被毀掉的軀殼，以血肉重組新的載體，模擬眼前的人形生物，從喉嚨裡孕育出一個巨人身體。

與此同時，妖師族長也讓混血解開手上的封印。

生命核微弱的氣味被魔神發現後，大怪物震驚得瞬間沒反應過來。

他的生命核依然在體內，但眼前蟲子般的少年手裡確實是他最重要的「心」，源自於最原始的恐懼爆發數秒，讓魔神無理智地只想奪回那個東西，並在這短暫時間內，意識到即將發生的事——他的生命核會被刨走，所以他才賦予時空術法到生命核上，就是爲了把被搶走的「心」帶回來，不論是現在還是過去，他的「心」都不容落入他人手中。

而這僅僅幾秒的短暫分心，足以讓妖師族長趁虛而入。

要讓隱藏的生命核現出蹤跡，唯一的機會便是從舊轉新的刹那，生命核會從舊載體通過連結處送入新載體中，之後魔神就會擁有一具全新的身體。

被腐蝕出眾多凹洞的長刀吸吮著結契者的鮮血，斬下巨人頭顱後，噴發的腐蝕液體裡有著來不及藏起、極為澎拜濃郁的邪惡力量。

刀鋒一轉，沿著斷裂的頸部劈開向後縮的肉塊。

他們沒有失敗。

他們的成功印證在未來。

鮮紅的血液從四面八方飛出，像是有自我意識般在妖師族長身邊環繞形成薄殼，隔開那些帶有劇毒的腐蝕體液。

長刀在觸及某個小東西後斷裂，而魔神發出震耳欲聾的咆哮。連握住那塊東西，接著好幾個神魔陣降下，牢固地纏繞在魔神身上。

各族頂尖術師們面色凝重地引動脈絡力量，注入神魔陣內。

他隱隱只看見依舊黑暗的天空。

所以說，這些醜東西老是把星空遮蔽住，煩。

※

連倒是沒想到竟然還能夠留下一點殘命。

嗯，是眞的殘。

生命之火細如絲，喘口氣就斷。

可能是最後那柄血之兵器化成的血霧緊緊包裹住他，沒讓他直接在魔神體內變為一灘黑水，等到了不怕死的人搶進來把他拉出去。

總之他是廢了。

醒的時候意識不太清楚，交代了幾句如何封印生命核、把族長傳承交給他妹生的那個小屁孩後，又模模糊糊地在一堆煩死人的啜泣聲裡昏睡過去。

後來不知道哪幾個智障一直在他耳邊像蒼蠅一樣整天整天唸個不停，讓他勉強知道了點後續。凱德那群傢伙一個都沒留下來，艾利曼等人也是，他是唯二的活口；神魔陣沒將魔神完全殺死，只碎解那東西的肉體至殘剩一小塊丟去封印，生命核剝離後被魔神自我封鎖，弄不開也破壞不了，所以白色種族們還是按照他的吩咐處置好生命核再埋藏起來，誰也不知道藏到哪裡。

有人在魔神頭顱掉落的地方發現一排小腳印，腳印邊有幾棵白楊樹的種子，然而腳印跑出戰場就消失了。

很多人想延續他的生命，水族甚至點頭開啟生命之石，然而最後沒有用上。

沒有用上的原因不是無法用，也不是來不及在他嚥氣前使用，反之他們順利地進行儀式，準備把他扛進神殿裡舉行時間換置。

……就，很煩。

族長傳承都交出去了還想怎樣！

幸好在生命之石使用的前一天，他被偷走了，否則他被搞活的話，一定二話不說把所有能看見的人打到他們全家都不認識。

睜開眼睛時，看見的是漫天的星空。

天氣很好，連橫越天空的銀河都清清楚楚。

他緩慢地偏過頭，入眼是一大堆柔軟的毛料，還有坐在一邊仰望星空的星辰精靈。

突然想起他們認識時，也是在漫天的星空底下，而且同樣是這個星辰精靈們的聖地星丘——當年他聽說星丘風景好、氣氛佳，最棒的是絕美的星空，秉持著他想去哪都沒人可以攔他的心態，大搖大擺地闖入聖地，於是撞見在這裡觀察星辰運行的聖地守護者。

那時拉比亞修養很好地邀請他一起享受星辰的照拂，而不是把他打出聖地。

如今星丘聖地的守護者已經更迭，新一任守護者遠遠站在山腳處嘆息著。

「……你這輩子唯一做的一件壞事……就是偷人吧……」連看著散發微光的星辰精靈，突然心情很好地調侃。一輩子都沒見過精靈幹壞事，沒想到他死到臨頭居然還可以看見精靈做壞事的現場，突然覺得不虛此行。

淡紫色的眼睛從那堆星星移開，看向殘廢地躺在毛皮上的妖師前族長，輕輕點頭。「嗯。主神在上，相信會原諒這點任性。畢竟生命之石雖能復甦生命，但生命遭到嚴重污染時，除去失敗，還容易異化成邪惡。」

微風吹來時，長長的金色頭髮隨著飄動，細細散散地碎成光點。

「嗤，那群小渾蛋……我身上滿是魔神死亡詛咒……還想冒風險……把我搞成墮魔我絕對弄死他們……」切開魔神那瞬間他就察覺到身上拭不盡的惡咒，他不知道其他人是如何說服水族，讓水族願意冒將近十成的風險來拯救他這個無法被救的人。

混帳們不懂事，他卻不會在明知道不可能的情況下眞的佔用並浪費生命之石，不然保證絕對送返一個巨大的魔王給他們。

不是他在說，他非常有自信按他的實力可以直接成爲魔王，更有自信一點是榮升墮神。是嫌世界沒人毀滅嗎！

「所以只剩我和你啊……」連看著星空，撇撇唇。

「是的，只剩我和你。」拉比亞抬起手，指尖潰散的光點在兩人身邊飛舞。

「雖然想說盡頭見……不過我們去的地方……終歸不同吧……」

並非所有生靈最終的去向都一樣，精靈、羽族與時族都有各自的去處，甚至有的妖師一族會歸於黑暗，不是快樂地奔向安息之地。

所以他們到盡頭不會再見。

如果有機會相見，那麼那一天應該是他們從各自的靈魂安息處重新被世界召回，揉著眼打著哈欠，再度相逢於自由大地的星空之下吧。

「是的，我們將各自有自己的去向。」

「嗯……所以才討厭那群醜東西……每次出來……星空都會不見……」

這麼一來，再見時他們要如何回到星空下，找到那些很可能帶有一絲熟悉的人們呢。

光是這個理由，就足夠把那群傢伙打死。

「下次……再一起看星星……」

「嗯。」

星辰精靈緩緩垂眸，已經沒有感覺的手指將那雙再無生機的淡金色眼睛覆上。

生命至此而止。

崩散的金色光點在妖師族長身邊形成一條光河，帶著因死亡而四散的惡毒詛咒，順著風，延伸朝向漫天星空，淨化掉最後的拖累。

下次見。

下次見。

〈往昔殘像〉完

特殊傳說 III
THE UNIQUE LEGEND

大祭司的學習

與外界隔絕太久，大祭司正在重新接觸新事物。
我們那邊還有鹹酥雞喔。
慶典一起吃吃吃～
美食嘗試

不要亂餵東西！
我們來玩了。
……
知識更新

我X@#!$@#你#!$@!
你才#@$$#個#。
觀察
現代用語學習

我＊@@#……
等等不要學髒話！！！
誰教的啊靠杯！
?

今天也在學歪的道路上

腳本／護玄
繪／紅麟

國家圖書館出版品預行編目資料

特殊傳說.III／護玄 著.
——初版.——台北市：蓋亞文化，2023.05
冊；公分.

ISBN 978-986-319-773-7（第七冊：平裝）

863.57　　112004932

悅讀館 RE397

特殊傳說 III THE UNIQUE LEGEND vol. 07

作　　者　護玄
插　　畫　紅麟
封面設計　莊謹銘
主　　編　黃致雲
總 編 輯　沈育如
發 行 人　陳常智
出 版 社　蓋亞文化有限公司
地址：台北市103承德路二段75巷35號1樓
電話：02-2558-5438　傳眞：02-2558-5439
電子信箱：gaea@gaeabooks.com.tw
投稿信箱：editor@gaeabooks.com.tw
郵撥帳號 19769541　戶名：蓋亞文化有限公司
法律顧問　宇達經貿法律事務所
總 經 銷　聯合發行股份有限公司
地址：新北市新店區寶橋路二三五巷六弄六號二樓
電話：02-2917-8022　傳眞：02-2915-6275
港澳地區　一代匯集
地址：九龍旺角塘尾道64號龍駒企業大廈10樓B&D室
電話：+852-2783-8102　傳眞：+852-2396-0050
初版一刷　2023年05月
定　　價　新台幣 280 元
Published and printed in Taiwan

GAEA ISBN 978-986-319-773-7

RE397
GAEA

THE UNIQUE LEGEND 特殊傳說 III vol.07

蓋亞文化 讀者迴響

感謝您在茫茫書海中選擇了蓋亞，您的支持是我們最大的動力。
不要缺席喔，讓我們一起乘著夢想的羽翼，穿越時空遨遊天地！

姓名： 性別：□男□女 出生日期： 年 月 日
聯絡電話： 手機：
學歷：□小學□國中□高中□大學□研究所 職業：
E-mail： （請正確填寫）
通訊地址：□□□
本書購自： 縣市 書店
何處得知本書消息：□逛書店□親友推薦□DM廣告□網路□雜誌報導
是否購買過蓋亞其他書籍：□是，書名： □否，首次購買
購買本書的動機是：□封面很吸引人□書名取得很讚□喜歡作者□價格便宜 □其他
是否參加過蓋亞所舉辦的活動： □有，參加過 場 □無，因為
喜歡出版社製作什麼樣的贈品： □書卡□文具用品□衣服□作者簽名□海報□無所謂□其他：
您對本書的意見： ◎內容／□滿意□尚可□待改進 ◎編輯／□滿意□尚可□待改進 ◎封面設計／□滿意□尚可□待改進 ◎定價／□滿意□尚可□待改進
推薦好友，讓他們一起分享出版訊息，享有購書優惠 1.姓名： e-mail： 2.姓名： e-mail：
其他建議：

◎請沿虛線剪開、對摺、裝訂後寄出

◎請沿虛線剪開、對摺、裝訂後寄出

廣告回信 郵資免付
台北郵局登記證
台北廣字第00675號

TO：蓋亞文化有限公司　收

103 台北市承德路二段75巷35號1樓

GAEA

GAEA